树木希林

人生遗言一百二十则

樹木希林120の遺言

死ぬときぐらい好きにさせてよ

【日】树木希林 著
陆晚霞 译

人民文学出版社

著作权合同登记号　图字 01—2020—5973

图书在版编目(CIP)数据

树木希林人生遗言一百二十则/(日)树木希林著;陆晚霞译. —北京:人民文学出版社,2021
ISBN 978-7-02-016768-5

Ⅰ.①树… Ⅱ.①树…②陆… Ⅲ.①树木希林—访问记 Ⅳ.①K831.357.8

中国版本图书馆CIP数据核字(2020)第252015号

责任编辑　陈　旻
装帧设计　陶　雷
责任印制　廖　冉

出版发行　人民文学出版社
社　　址　北京市朝内大街166号
邮政编码　100705
网　　址　http://www.rw-cn.com

印　　刷　三河市中晟雅豪印务有限公司
经　　销　全国新华书店等

字　　数　38千字
开　　本　787毫米×1092毫米　1/32
印　　张　9.625　插页8
印　　数　1—15000
版　　次　2021年5月北京第1版
印　　次　2021年5月第1次印刷

书　　号　978-7-02-016768-5
定　　价　48.00元

《25ans》(Hearst妇人画报社)2018年 11月号刊登[摄影=矢吹健巳(W)、协助=观世Asuka、Yoake]

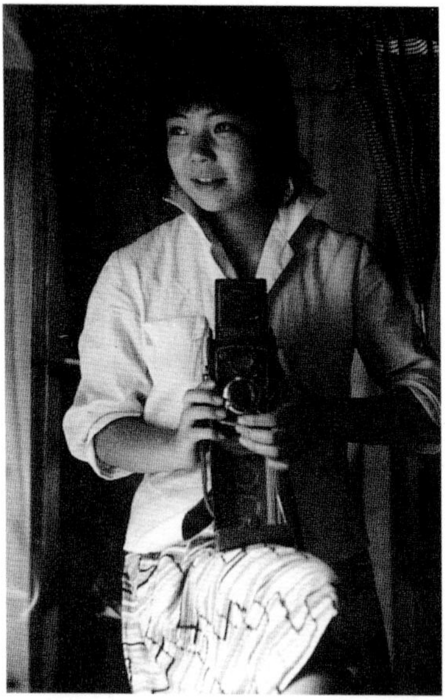

左页右上*1943年1月15日，树木希林出生于东京神田。照片为1岁时。亲子装的连衣裙是母亲清子的亲手缝制。父亲襄水比清子小7岁，当时为警察，后来改行为萨摩琵琶演奏家。

左页左上*十几岁的树木希林，对着镜中自己的样子『自拍』。

左页下*1973年与音乐人内田裕也结婚。（©Kodansha/Aflo）

右页*二十几岁的树木希林，艺名为『悠木千帆(Yuki Chiho)』的时代。该艺名的前半是将『勇气(yuki)』一词按宝冢演员风格写作『悠木』，『千帆』取自版画家前川千帆之名。

左页*电视剧拍摄中与共演的岸本加世子在化妆间。后来在富士彩卷的电视广告中与岸本成为固定拍档，常有精彩对手戏。（©Kodansha/Aflo）

右页上*1976年女儿也哉子出生后第一次参拜神社，在照相馆拍摄的纪念照。与丈夫分居以后的久别重逢。

右页右下*刚生下女儿不久。在《寺内贯太郎一家》中饰演了老太太的树木，在《樱之歌》中风格一变，扮演了孕妇角色。（©《日刊体育》报）

右页左下*《寺内贯太郎一家》拍摄现场的树木与浅田美代子。浅田一直将树木当作母亲一样对待，直到她去世。（©Kodansha/Aflo）

参与拍摄宝岛社以英国画家约翰·艾瓦瑞特·米雷斯的名画《奥菲利亚》为背景的企业广告（2016年1月）。图片与广告词「至少离开这个世界的时候，我要自己做主」引起很大反响。

2016年拍摄的全家福照片。从树木希林起，按顺时针方向分别是内田雅乐、也哉子、本木雅弘、伽罗、裕也、玄兔。

写在前面

二〇一八年九月十五日，演员树木希林女士去世（享年七十五岁）。

希林不光出演电视剧和电影，她在电视广告拍摄、纪录片配音等多方面都有出色表现。她曾在敝公司的宣传广告中担任角色，因此与敝公司结下交谊，也使得本书的出版成为可能。

希林生前在做好演员本职的同时，还接受电视、报刊的采访，留下了许多“寄语”。本书精选其中围绕生老病死等具有普遍意义的主题展开的名言金句，编辑成册。

不受成见和常识的拘囿，笑玩人生，不管遇到什么困难，都将之视作自己活命的“养分”——就是这样的树木希林，她留下的许多话语会给我们很大的启发，在我们的人生中遇到障壁需要跨越的时候。

在本书的刊行之际，谨向慷慨应允我们引用转载树木希林发言的电视台、报社、杂志社以及提供了珍贵图像的摄影家等有关各方致以衷心的感谢。

目录

第一章 生

关于人生和幸福

001

幸福这种东西不是常有的，需要自己去找到。

影片《比海更深》公映时接受访谈，被问及对自己而言幸福是什么。

——二〇一六年六月

怎样才能不被他人的价值观牵着鼻子走？需要的不就是“自立”吗？自己想怎么做，该做什么，总之要用自己的头脑来思考，自己来行动。有时候说不定也可以依赖一下别人，但无法求助任何人的时候你该怎么办，这一点必须要先做打算。更进一步说，遇到那种状况，你要是还能够趣谈笑对，那就好了。幸福这种东西不是常有的，需要自己去找到。即便是平淡无奇的日常，让人觉得不值一提的人生，你如果抱着有趣的心情去面对，我感到你能从中找到幸福。

002

看到一个人，你有时会觉得“真好啊，他真不错呢”，这样想着想着，慢慢地对方就会带给你好处。

接受制作人箭内道彦的访谈。

——二〇一三年四月

看到一个人，你有时会觉得“真好啊，他真不错呢”，这样想着想着，慢慢地对方就会带给你好处。

一旦形成这种关系之后，我是总会得到许多恩惠的，从别人那儿。因为有这种事，我最近对别人也这样说了，我会问他：“你呀，想不想得到一点护佑加持啊？”因为是“想要得到”，所以说，“自己的人生，想要让它真变成那样，就要注意不要总发牢骚才好”。这一来，有人会说“可牢骚话自己会冒出来”，依我说，那是因为你自己这样想了的缘故。我倒认为，你想事情可以不按照牢骚的形式想嘛，是不是？

003

我认为对于所有的东西而言，不存在一条铁律说绝对必须这样。比如说我这张脸吧，这是出了差错才长成这样的。（笑）不过呢，我还是将错就错直到现在，就是想着要怎样利用它才好。

接受杂志的采访，谈到自己的价值观和人生观。
——二〇〇二年八月

我家盖房子时，我对建筑师多提了一个请求。我对他说，比如在施工现场不小心打了一个与设计图纸不符的孔洞，或者搞错了的时候一定要告诉我一声。那种时候，不必特意修缮或者替换掉，我是希望活用那个失误之处的。说不定还能做出一个比原先的设计更有趣的效果呢。如果修缮的话，那么错处依然是错处，而如果能对它做些别的处理，那么我想这个错处可以说被成功利用了。我认为对于所有的东西而言，不存在一条铁律说绝对必须这样。比如说我这张脸吧，这是出了差错才长成这样的。（笑）至少不在美女演员的范围之内吧。不过呢，我还是将错就错直到现在，就是想着要怎样利用它才好。也就是现在这个时代，像这样出了差错的脸反而会被大家认为有趣而被接受，早在四十年前，那可是连女仆的角色都不允许脸上有这样的差错。这当中像我这样能存活下来的，我想还是因为我一直在努力活用这种差错的缘故吧。

004

一个人待着也好，两个人待着也好，哪怕十个人待着，会感到孤单的人他就是会孤单。我想人就是这样的。

与文学座的同级学员桥爪功的对谈。

——二〇一六年六月

现在有不少人遇到什么事情就爱责怪到别人头上吧，怪国家不好，怪上面的人不管，怪丈夫孩子这不好那不好的。比如，也会有人对我说："你一个人住在那么大的房子里，不会觉得孤单吗？"但我不认为有谁跟我在一起，我就不会孤单了。我没有这种感觉。一个人待着也好，两个人待着也好，哪怕十个人待着，会感到孤单的人他就是会孤单。我想人就是这样的。

005

我是有这样一种体会的：人活着，总是在不断地修补自己身上天生的破绽或者说做人当中的缺点。

北大路鲁山人曾留下一句话：『人什么时候死去都可以。因为一个人出生到这个世上，并没有谁规定说必须完成多少工作量才行。』希林在电视节目中结合自己的工作和活法谈到了喜欢这句话的理由。

——二〇一七年八月

我自己呢，就是这样碰巧做了演员的行当，要说也不是为了出名，只是想着能过得下去就好，差不多有些好玩的事就好，所以我没有任何不满。只是，说起我干吗非做这些事不可呢，因为我是有这样一种体会的：人活着，总是在不断地修补自己身上天生的破绽或者说做人当中的缺点。如今想想就是这样。

过了七十岁，越发这样想了。一边修补，活着呢尽量……不要为了工作而活着，也并没有必须这样做那样做的任务，我就是一点点地修补，用一根线像这样地……自己就是这样子活着的，咳，所以说呢，是那句话让我这样做的吧。

006

想要靠自己来看透“人”，必须一个人独立才行。

关闭事务所，与经纪人解除合同，决定独立单干时接受采访，吐露决心。

——一九八八年七月

拍摄于自家门前的马路上。（二〇一五年）©《周刊现代》（讲谈社）摄影 = 菊池修

007

一个人能够承担的东西是有限度的，超过了限度，即使想要承担也是承担不起的。

被问及不从属于特定演出事务所，也没有经纪人的演员活动时所答。

——二〇一八年七月

再说还可以通过电话录音留言呢，如果这还联系不上，那就没办法了。我到目前为止，从来没有因为哪个角色被别人拿走了感到不开心的，反而会觉得拿去最好。一个人能够承担的东西是有限度的，超过了限度，即使想要承担也是承担不起的。所以呢，我的衣服东西什么的，如果有人夸赞，我就都送给他们了。送出去后，这东西就能发挥作用是不是？ 反过来，我自己是不要别人东西的。

008

我会打消“不够，还不够”的想法。人有时会想“本不该这样的”，或者说“更应该变成那样才好”，这些念头也全部要排除掉。

影片《有熊谷守一在的地方》公映时接受采访，谈及得癌症后的心境变化。

——二〇一八年五月

我会打消“不够，还不够”的想法。人有时会想“本不该这样的”，或者说“更应该变成那样才好”，这些念头也全部要排除掉。设想从天上俯瞰自身，就会感到“如今能够这样活着已经很难得了，本来是不可能的事”，这样一想，过分的要求都没有了，一下子会感觉到轻松。当然，我也不会同别人去比较。

这还是得病后才有的心境吧。我不知道自己什么时候死掉。这并不是说我放弃了，即便像这样的状态我能活到今天，很不错了，很不错！而且，他们还来叫我去参演这些优秀的电影，我真是感到很幸福了。

009

就算聊到了我讨厌的话题，我至少还会让脸上挂着笑容呢。

接受报纸采访时，谈及意识到死期以后的生活。

——二〇〇九年二月

就算聊到了我讨厌的话题，我至少还会让脸上挂着笑容呢。就拿井口的水泵来说，人只要在抽动它，就会有水出来是不是？跟这个道理一样，哪怕心里不痛快，但如果脸上笑嘻嘻的，慢慢地就会有开心的感情泛起来。一般来说我给人的印象总是板着脸，我只说一句“什么呀”，裕也就会问：“你生气了吗？”（笑）我就尽量少让这种场面出现吧。

010

当我还是个孩子时，就知道了跟别人比较是毫无意义的，所以得奖也好不得奖也好，我都不觉得有什么。

报纸的连载访谈中，被问及因出演影片《东京塔 老妈和我还有老爸》而获得日本电影学院奖最佳女主角奖时的回答。

——二〇一八年五月

当我还是个孩子时，就知道了跟别人比较是毫无意义的，所以得奖也好不得奖也好，我都不觉得有什么。不过，这是演艺活动，社会上如果喜欢设奖颁奖的话，那么我就说“好的，谢谢大家”然后就接受了吧。只是那奖杯占地方，我不太想要。

四年前被授予“旭日小绶章”时我还很犹豫，不知该怎么办。结果内田不耐烦了，他说：“你就别啰哩八唆了，老老实实地去领了奖章回来。”人家还以为他只会喊“Rock-n-Roll！”没想到居然还懂得劝人“别啰哩八唆”呢。我这个人呢，怎么看就是个爱啰哩八唆的人是不是？他就这么了解我，这一点我很佩服他。

011

心动的感觉是很宝贵的。你只要自己变得出色，那就会有与之相匹配的际遇。

影片《比海更深》公映时，与共演的男演员阿部宽进行对谈，送给杂志读者的一句话。

——二〇一六年五月

拍摄时不带服装设计师和发型设计师，所有准备都自己做好。©《FRaU》（讲谈社）二〇一六年六月号／摄影＝荒木经惟

012

结婚要趁你还不会分辨利害对错的时候结掉比较好。

接受报纸的采访回顾自己的半生，提到女儿内田也哉子。这是女儿十九岁决定结婚时，希林对她说的话。

——二〇一五年五月

孩子我感觉是大家一起帮我养大的。我经常毫不顾忌地把她带到工作现场去，比如由利徹先生还常常打电话过来关心，问一声："也哉子在吗？"他大概认为这孩子父亲不在身边有点可怜吧。女儿在成长过程中可以说得到了许多人的关爱。

上高中时她跟我说"想去外面留学"，然后自己找了家瑞士的学校。也因为她早早就脱离父母管教，独立起来的。父母要是对孩子过分保护的话，孩子恐怕很难独立自主吧。

十九岁她结婚的时候也来问我，是不是先去上学比较好？我就告诉她："要我说呀，上学什么时候都可以上，但结婚要趁你还不会分辨利害对错的时候结掉比较好。"（笑）你看最近人们慢慢变得都不想结婚了是不是？生孩子尽量要早生，所以你看她，现在有三个孩子呢。

013

虽说有时候也会严肃一下态度，不过我一直提醒自己不要忘了演艺的根本，古人说过“人生而何为？皆为游乐事”。更何况我们本就是从事演艺工作的人。

报纸的连载访谈中，讲述拍卖艺名『悠木千帆』并改名为『树木希林』的经过。

——二〇一八年五月

我自己翻翻字典随便取了这个名字。我喜欢同音重叠的念法。给女儿取名字也是这样，叫她“也哉子，Yayako”。当然自己的艺名叫“Chachacharin”也不错，只是找不到相匹配的汉字。在参演电视剧《Mu》的时候，久世光彦说：“不知道这个名字是谁。”他要我把原来那个艺名再买回来。我说“这也太掉价了”，就没接他的茬。

“那你看，‘母启子’这个名字怎么样？”久世先生还给我这样提议。启子是我的本名。他说：“等你老了，加个浊音符号，就念作‘婆启子’[1]了。”我觉得比起“母启子”，“婆启子”还挺有意思。不过呢，我不会再改了。改名是很累人的。

改名这件事也是这样，反正我总是跑在前头。可是，想一些稀奇古怪的事不就是我们的工作吗？虽说有时候也会严肃一下态度，不过我一直提醒自己不要忘了演艺的根本，古人说过“人生而何为？皆为游乐事”。更何况我们本就是从事演艺工作的人。

1　日文“母”发音“はは”，“婆”发音“ばば”，故该句的原意是年老后，只要在母的发音上加上浊音符号就变成婆了。

014

要是失败了，就从跌倒的地方再开始好了。不会想得太多。

在一个到日本全国寻访古董的电视节目中，希林穿上自己动手翻旧为新的和服谈看法。

——二〇一一年八月

我这个人吧，是不会回到老样子去的。重做，我是不做的，我只会在那里再开始。因为我感到没有时间去重做。所以，要是失败了，就从跌倒的地方再开始好了。

现在你看，这个跌落了是吧？这样的话，那就从这里开始好了。我不会想得太多。

015

家里有的东西，我只想都这样给它再利用一下。

接受杂志采访，评论当天自己的穿着。

——二〇一八年五月

今天我完全是素颜。事先跟编辑要求了一下：我可不可以不化妆。我想这样更能表现出皮肤的真实感觉，不是很好吗？

这件连衣裙是用旧和服改的。当然是我自己缝的。外面这件灰色扎染的短外套呢，原来是一块方巾。我嫌它太长不好用，于是就稍微缝了一下加了两个袖子，变成一件短外套了。

这种点子也谈不上有多妙吧。家里有的东西，我只想都这样给它再利用一下。我已经决定不再买新的东西了。家里有的东西整理整理，该扔掉的扔掉，能用的就想法子利用一下。不然很可惜是不是？所以，我会动脑筋想办法。有了新点子会感到很高兴，是不是也有点意思？

016

好像也有人说我很可怕，这大概是因为我没有欲求的缘故吧。你如果有欲求或者贪著，这就会成为你的软肋，就容易被人抓住短处。

影片《澄沙之味》公映时的访谈中，谈及自己对演员行当的看法。

——二〇一五年六月

好像也有人说我很可怕，这大概是因为我没有欲求的缘故吧。你如果有欲求或者贪著，这就会成为你的软肋，就容易被人抓住短处。正因为我不是那样的人，才会让人觉得可怕吧。

我对于演员这份工作，也并没有特别的贪著。我倒觉得考虑人该怎么活着才是重要的。所以我过得很平常。我也打扫卫生也洗衣服。平时也不会为塑造角色做什么特别的事。在拍摄现场一旦上妆，自然就进入到那个角色的心情中去了。对我来说，当演员也就是这么回事。

017

活着不是要过得开心，而是要去寻开心。过得开心是客观描述吧。你得进到里面，去寻开心。不寻些开心，是过不下去的，做人就是这样。

在接受杂志关于『老』和『死』话题的访谈中提到。在某次以『死』为主题的地方演讲会上，谈到自己熟人的女儿，一个从海外回国的女子在她父亲临终时闹的笑话。

——二〇一七年五月

当显示器上病人的心电图波线“嗞—— 嗞 ——”响着快要消失时，大家都拼命地喊着，“爸爸！”“爸爸醒醒啊！”都会这样祈求对不对？这一来吧，病人好像听见了似的，“嗞 —— 嗞 —— 嗞”，据说波线又恢复了呢。(中略)过了会儿，“嗞 ——”又不行了，大家又开始叫喊，“爸爸！你要活着啊！”不过呢，“爸爸、爸爸！”这样折腾过几次以后，大家都累了。然后，搞不清是第几次了，波线又“嗞 ——”了，这时候女儿就说了:“爸爸！你到底是要活，还是要死，就选一个吧！”

当时整个会场哄堂大笑了，这可是一个讨论“死亡”主题的讲座呢。但是，这种心情，大家都能理解是不是？这故事还有后文，接下来大家不都得去火葬场等着么，等着故人化为一捧灰。来吊丧的客人都在一个房间里等着呢，差不多一个小时后工作人员进来通知结果。这时候这个女儿就对大家说:“各位来宾，刚刚我父亲已经烧好了。”

是不是觉得还挺有趣的，这世间发生的事？你的脑子里总在纠缠“老了会怎么样”“死时会怎么样”的问题吧，实际上世间要比你想象的大得多，事情丰富得多。而且几乎都是意想不到的事呢。活着不是要过得开心，而是要去寻开心。过得开心是客观描述吧。你得进到里面，去寻开心。不寻些开心，是过不下去的，做人就是这样。

018

在我身上，可没有“抱怨”这个词。

接受制作人箭内道彦采访时的回答。

——二〇一三年四月

在我身上，可没有“抱怨”这个词。

“明明是这样的”“明明是那样的”……结果却不如意，这时人就会抱怨。但我的想法是该我碰上这种事了！所以呢，就不会有抱怨。要是生活没着落了，我就会想，生活没着落也是自己该有的活法吧。

019

面对一个超出自己判断能力的事物，不要去抗拒也不要沉溺其中，我希望能尽量自然平和地去看待。
毕竟嘛，我没那么强也没那么弱，没那么厉害也没那么不堪吧。

在杂志的连载文章中谈及对神灵和宗教的看法。
——一九七七年九月

我按说是一名佛教徒，所以不是无神论者，虽说这样，我却没有拜过释迦、日莲、亲鸾、空海、道元……这些人都是十分了不起的，活得浓墨重彩，死得痛快淋漓，修为都已达神灵之境，他们令人感动，我对他们也抱有无限的敬意，即便如此……对我来说，神灵就像阳光一样的东西吧。我们会被“遭到神罚”这句话所恐吓，但我常常感到惊讶，因为我想神灵不至于这么气量狭小吧。你去拜就有功德，你不拜就遭罪罚，这简直就跟上学走后门的讨价还价一样了。我以为阳光是普照一切生灵的，只是阳光会因为受光者的情况不同——比如上空有雾霾啦，或者天气晴好啦，会出现变化，有时暗淡有时耀眼。日后科技进步了，也许能够研究清楚反照心灵的光芒是怎样的，但是在那一天到来之前，面对一个超出自己判断能力的事物，我想我不会去抗拒也不会沉溺其中，而是尽量自然平和地去看待。

毕竟嘛，我没那么强也没那么弱，没那么厉害也没那么不堪吧。

020

我的原点是婆娑罗（佛教用语，表示打破常识或道德规范的行为）或者说是游击战。

接受报纸的采访回顾自己的半生，谈及自身的人生原点。
——二〇〇五年七月

我是没有代表作的。我想是不是这一生到死都不会有代表作了呢。我的原点是婆娑罗（佛教用语，表示打破常识或道德规范的行为）或者说是游击战。可是，虽说游击战是原点，但已经过了可以奋不顾身的年纪了。所以说，我这一生大概要抱憾而终了吧。不过这也是一种人生。

021

什么？你说有人会因为我的话得到救助？这可是一种依存症啊，你不明白吗？你自己考虑考虑。

关于『老』和『死』的话题接受杂志的采访，谈到对『死』的理解。

——二〇一七年五月

关于“老去”呀“死去”的话题要求采访我的人很多，这让我感到为难。因为我没有什么可谈的。比如他们问我“怎么看待死去”，可是我又没死过怎么知道呢？我只要答应了一个采访要求，那后面就没完没了是不是？所以我全部回绝了。但为电影做宣传时就没办法了。

我接受这种采访到底有什么好处呢？对你们有好处我是知道的。什么？你说有人会因为我的话得到救助？这可是一种依存症啊，你不明白吗？你自己考虑考虑。

022

他们似乎以为只要道歉就能蒙混过去，只是大家的蒙混手段也太低劣了。（笑）
既然要道歉，就真心诚意地道歉，不愿意道歉那就不要道歉。

影片《比海更深》公映期间，与摄影家荒木经惟的摄影访谈中提及。

——二〇一六年六月

人们感到“这可大事不妙！”时会慌张，但也只是一瞬间。接下来为了平息风波通常采取的行动倒也未必是走形式，而是尽可能按当时心情做的了吧。所以你看，出了什么丑闻丑事，大家都在电视上低头道歉。看到那种场景，我会想“即便低头道歉了，也绝对得不到大众原谅的，这一点，道歉的人自己应该是心知肚明的”。我想，要是我，我是不会低头的。尤其是隶属于某个组织的人，他们似乎以为只要道歉就能蒙混过去，但大家的蒙混手段也太低劣了。（笑）既然要道歉，就真心诚意地道歉，不愿意道歉那就不要道歉。我觉得，与其道歉，你还不如给大众一个能让人信服的交代，说明“如此这般，最后造成了恶劣的后果”，这样更好吧。看着电视，我经常会这样想。

023

作为一个人，即使当你知道明天地球要毁灭了，今天你也必须去种下一株苹果树。我们就应该抱着这种想法活下去。

接受报纸的采访，被问及发现乳腺癌后的生活和心境。

——二〇一二年四月

平常完全不化妆。一九九〇年，四十七岁时的素颜。© 朝日新闻社

024

得到别人的评价是件危险的事。

获得旭日小绶章后的记者会上，应记者要求发表对后来者的寄语。

——二〇一四年十一月

得到别人的评价是件危险的事。得了奖也不能迷失了自己，这样还会有进步。

025

首先要会自然正常地思考问题，否则自身无法自然正常地成长起来。

与儿童文学作家灰谷健次郎对谈，谈及私生活中自己力所能及的事情都自己做。

——一九八五年九月

把自己摆到一个自然正常的位置上，这是我一直比较注重的事。首先要会自然正常地思考问题，否则自身无法自然正常地成长起来……也无法感受到……还有，这些自然正常的事也就无从教孩子们知道了。道理无非就是这样。然而，像这样的人很少了，所以在别人眼里看起来大概就比较奇怪了。

026

不要以为货真价实的东西就能在世间广泛流传，假冒伪劣的更容易被传开来呢。

接受采访时被问及：『好的广告语或者说好的广告是什么样的？』

——二〇一六年十一月

不要以为货真价实的东西就能在世间广泛流传，假冒伪劣的更容易被传开来呢。“伪”这个字拆开来就是“为人”，为了他人。造假的人也是想着要“为人”在拼命生产吧，但背后要么是医药危害，以及各种各样的问题。所以呢，一想到这世上的东西也不全是真货正品，我就觉得为了销售商品而存在的广告行业在某种意义上是有责任的。话虽如此，总是考虑责任什么的就没啥意思了。一件商品有什么缺点，制作人是很明白的，但他就是要找出其中的优点来告诉你，让你陪他玩一玩。人呢，绝对是这样的，难道你不这么认为吗？

027

请大家凡事要往有趣的方面去想，活得开心一点。
不要太努力，但也不要泄气。

在纽约接受采访时的回答。

——二〇一八年七月

赠言么？让我这样一个来日不多的人给大家赠言，这也太那个了。

这话让我说起来就有点冒昧吧，任何东西它都有正反两面，哪怕遇到天大的不幸，我也总会想哪里应该能见到光亮。当然，幸福也不会一直长久，所以当你遇到挫折无路可走时，你也不要老盯着让你受挫的那块地方，你可以稍微后退一步来看。只要有了这一份从容，你就会觉得人生也并非全都一无是处呢。如今的我总会这样想。

请大家凡事要往有趣的方面去想，活得开心一点。说让我们共勉吧，又不免冒昧了，不过我就是这样想的。不要太努力，但也不要泄气。

杂志的采访拍摄，投向镜头的温和眼神。（二〇一八年）摄影＝五十岚美弥

第二章 病

关于癌症和病魔

028

要是不想明白点儿什么的话，岂不是太可惜了？都遭了那么大的罪，如果只是抱怨说“倒霉成这样子了”，那对自己来说是亏大了。

影片《澄沙之味》公映时的访谈中，谈及因生病而想明白的事。

——二〇一五年六月

多亏了生病，我想明白了好多事呢。难道不是么？要是不想明白点儿什么的话，岂不是太可惜了？都遭了那么大的罪，如果只是抱怨说“倒霉成这样子了”，那对自己来说是亏大了。对于自己生病这事，我的想法是“哦，原来会这样啊”。

不过呢，你想不明白也不要紧的。一旦自己身上发生了什么，你在那边手忙脚乱慌作一团，我想这也是一种活法吧。甚至还有的人，等他回过神来，才发现自己进了棺材。如果是这样，也是可以的吧。只是我呢，碰巧选择了对自己有好处的想法而已。

029

得了癌症以后，我就开始收拾身边的东西了。拍摄一结束，就把剧本处理掉，衣服呀餐具之类也尽量每天扔掉一件。身边没有杂物的生活让人觉得神清气爽呢。

接受报纸的采访时，谈及宣告自己得癌症之后的日子。
——二〇一八年八月

得了癌症以后，我就开始收拾身边的东西了。拍摄一结束，就把剧本处理掉，衣服呀餐具之类也尽量每天扔掉一件。身边没有杂物的生活让人觉得神清气爽呢。

二〇〇五年摘除了右侧的整个乳房。切除很简单，但是要找到一种不会降低生活质量的治疗方法却很难。要是说余生都要在三天两头跑医院的状态下度过，那我想这条命干脆不要算了。

只是，我的这种做法不一定对谁都管用，所以我不劝人这么做。我是决定不用抗癌药物的，但也有人用了抗癌药物以后收到很好效果的。自己的事我会处理好，但别人的事可管不过来了。如果有人来问我，我一般都回答他说：“你自己再深入了解一下，要好好弄懂自己的身体才行。”

030

生了病，好处也是有的。比如我得了奖，也不再遭人嫉恨。说话多少有点口无遮拦，也不会招致非议了。没有体力去吵架了，自己的态度也谦逊了许多。

在报纸的连载访谈中回顾自己的半生。

——二〇一八年五月

后来，全身多处有了癌细胞转移，所以最近一年一次要去鹿儿岛的医院接受放疗。一天只照射十分钟。但一个疗程需要做一个月。这是一个让我重新审视人生的好机会，可时间一长还是会腻烦。我甚至要求医生说：“大夫，能不能给我在一星期内做完啊？稍稍烤焦一点也没关系的。”

不过，我完全没有那种正在与疾病做斗争的意识。我见过好几个被抗癌药物折磨得痛苦不堪的病人。但是，按照我那种治疗法，生活质量一点儿都没下降。因此，我是相当满足了。

生了病，好处也是有的。比如我得了奖，也不再遭人嫉恨。说话多少有点口无遮拦，也不会招致非议了。没有体力去吵架了，自己的态度也谦逊了许多。我这么说，有人会认为我瞎说吧，但我年轻时的确不是现在这样的。那会儿可真是有点儿霸道哦！

031

我这个人，无论什么事都能找出乐子来的。

接受报纸的采访，回顾自己的半生，被问及右侧乳房摘除后的治疗情况。

——二〇〇五年七月

我这个人，无论什么事都能找出乐子来的。对生病这事也一样。为了让事情更好玩些，我甚至想要放弃（治疗什么的）算了。医生都不爱管我了，他说：“跟她讲了，她也不会听的。”

032

不喊“疼”，我会换一种说法，喊一声：“啊，真舒服啊！”（笑）把它当作平常的感受，这样生活下去也蛮有意思的，以苦为乐，我想也可以有吧。

与桥爪功对谈，谈及彼此的健康状况。

——二〇一六年六月

我想大概是接受放疗的后遗症吧，最近肩膀这儿有时会酸痛，关节咯咯作响。这种时候，我不喊“疼”，我会换一种说法，喊一声：“啊，真舒服啊！”（笑）把它当作平常的感受，这样生活下去也蛮有意思的，以苦为乐，我想也可以有吧。

我得癌症可以说不早不晚时机正巧，所以在各种意味上我是在有效利用这个病呢。比如，我想拒绝某件事，我就说：“我的癌症很严重了呢。”只要这么一说，对方就会意了：“啊，是哦。”不过话说回来，自从生病之后，也稍稍谦逊一点了吧，我这个人。

033

要是没得癌症的话，我自己恐怕是活得平淡，又死得平淡吧。也就是走完一个不好不赖普普通通的人生吧。

与医师镰田实对谈，谈及抗癌的日子。

——二〇一〇年二月

要是没得癌症的话，我自己恐怕是活得平淡，又死得平淡吧。也就是走完一个不好不赖普普通通的人生吧。癌症这个东西，并不是说你切掉它就好了。这世上切除了癌症的人很多吧，有时候大家就想拉住彼此的手，同病相怜，互道一声，“真是不好受啊！”

无论是谁，不管以什么样的方式，他的人生总是会结束的。在于我，我认为癌症是值得感激的，因为它总是让我意识到死就在眼前。不只是癌症会让我这样想。东日本大地震、海啸之类的，灾难发生了，但一般人都认为自己不会身在其中。不过呢，我相信自己就会是“其中的一个”。

034

得了癌症死去，我认为这是最幸福的死法。你可以死在家里的榻榻米上，还能做好准备。能从容收拾好，做好准备，我想这是再好不过的了。

影片《神宫希林 我的神灵》公映时接受采访，谈及癌症。

——二〇一四年五月

各位都知道我是身患癌症的（最初是十年前查出了乳腺癌），医生告诉我说，我的癌症属于全身癌，所以后来碰巧通过那种方式让你们知道了。就是这么回事，没想到事情闹大了。（笑）从“全身癌”这个名称，你们大概会想象到浑身上下都是癌细胞吧，其实不是这样的。靶向治疗的方法很有效，它把那些对身体会产生影响的大的癌块都消灭了，这是我目前的状态。小的还有，而且也不知道什么时候又会变大，反正现在我过着正常的生活。总体上状况还不错，但是平时生活中一不注意，某个地方又会出现新的病灶。可是，昨晚我到底还是喝掉了一瓶红酒呢。（笑）得了癌症死去，我认为这是最幸福的死法。你可以死在家里的榻榻米上，还能做好准备。能从容收拾好，做好准备，我想这是再好不过的了。内田是这样说我的，他说：“你说是全身癌，人家还以为你明天就要死了吧，你倒是精神得很，还到处去抛头露面，人家会说你这是拼了命的癌欺诈呢。”（笑）

035

正如人生的一切都有其必然性，我得癌症想来也完全是必然的。

与影片《澄沙之味》的原作者榴莲助川对谈，谈及自身的癌症。

——二〇一五年六月

正如人生的一切都有其必然性，我得癌症想来也完全是必然的。我的奶奶就是得了乳腺癌的，所以我的基因当中大概就有遗传。不过，我奶奶在切除癌症病灶之后，还是活得很长寿，而且我记得她并不曾接受过各种痛苦的治疗。当时的医疗技术可没今天这样发达呢。所以，我身上发现癌症时，我也想着不用总去看医生估计也能活下去吧。

从二十几岁就开始饲养的这只科拉特猫，是跟剧作家向田邦子要来的。

第三章　老

关于衰老和成熟

036

年纪大了，大家活得更轻松自在一点不好么？不要贪求太多。因为欲求这东西是没完没了的。

就《我的年纪是如何增长的》这一话题回答杂志采访。

——二〇〇八年六月

年纪大了活力就没有了。疾病多了。这话说出来说不免有点做作忸怩，我认为这是上天的赏赐，馈赠的礼物。这能给人以看得到尽头的安心感。年纪大了，大家活得更轻松自在一点不好么？不要贪求太多。因为欲求这东西是没完没了的。不是提倡要知足，做事的档位能与自己的身量匹配相符就差不多了，这也是人生。

我自己曾经非常热衷于购置房产，如今也不太有兴趣了。这从好的意义来说，应该是我身上类似于俗气的东西已经没有了吧。

037

年纪变老，这绝对是件有意思的事。年轻时觉得“稀松平常”的事也做不了了。我倒不认为这是不幸的。我觉得这种变化就很有意思呢。

与别所哲也对谈，谈及衰老和抗癌治疗。

——二〇一四年十月

年纪变老，这绝对是件有意思的事。年轻时觉得“稀松平常”的事也做不了了。我倒不认为这是不幸的。我觉得这种变化就很有意思呢。衰老的到来也是平常不过的，所以我不给它踩刹车。就像我们来到这个世界上一样，我们也会自然地离开这儿吧。

现在我没有经纪人也没有形象设计师。今天也是独自来这里的。工作业务的管理，就靠一台带录音留言功能的电话。自己一个人要是吃不消了，那就完结。是啊，我最后想说的台词应该是“今生今世，就此别过”。这台词不错吧。

038

你要接受种种不方便的现实，然后把自己放入这样的前提下生活。所谓上年纪，指的就是这个意思。

影片《澄沙之味》公映时接受采访，谈及控制添置物品的生活。

——二〇一五年五月

日常生活中我最贪图省事了。为此我坚决要求自己不添置东西，生活中不要产生浪费。首先做到不买。比如肥皂，就在浴室里放一块。厨房里也就不放了。旅行时也带着这一块肥皂，而且我不会把酒店里的用具带回家。身上穿的也尽是些宽松舒适的。袜子大约是三年前买的，当时四双一捆在甩卖，这个袜口比较松，不会勒脚，我现在还在穿。胸罩也挑选那种不紧勒的，看着是有点儿晃荡了。松垮一点穿着最舒服，我的要求就是有块布挂在身上就好了。

上了年纪后，光是眼镜就要用到好几种了，对吧。我就是不想这样，尽量要减少用品。总之东西就是越少越好。我会一个劲儿去想，这两样东西是不是可以合二为一，兼用一下。这个办法要是被我想到了，那是最幸福的时刻。（笑）你问这样做是不是不太方便？当然是不方便的。你要接受种种不方便的现实，然后把自己放入这样的前提下生活。所谓上年纪，指的就是这个意思。

039

这样做的话，像我这种个性的女人就能够美丽老去，这一点我自以为最近渐渐看清楚了。总而言之，我认为就是要好好地服务他人。

与和服老店『紬屋吉平』的第六代店主浦泽月子对谈，谈话主题为『更加美丽地老去』。

——一九八〇年十一月

我今后决心怎样老去，大致的方向已经看清楚了。这样做的话，像我这种个性的女人就能够美丽老去，这一点我自以为最近渐渐看清楚了。什么时候会变成什么样，这个不太清楚。总而言之，我认为就是要好好地服务他人。就像一块用烂的抹布一样，就是想着服务、服务。拿我自己来说，就是要一心为孩子、为父母、为丈夫服务，最后啪嗒一下干净利落地死去，这便是我想过的人生。

040

那么，考虑到做人该如何收场，这个问题总觉得很难，因为我的真切体会是“还不够成熟就要走完一生了”。

出演纪实节目，回看跟踪自身生活拍摄的影像发出的评论。

——二〇一八年九月

好吧，作为素材也就这么据实拍下来了，不过这里面的我还算是个有趣的人吧。也不属于那种八棍子打不出点东西来的人吧。

我呢，碰巧是个演员，这个头衔比较好用吧，当然还有其他各种话题了，那么，考虑到做人该如何收场，这个问题总觉得很难，因为我的真切体会是“还不够成熟就要走完一生了”。所以说，我不知道这个片子要在哪里结束，我觉得你们最终还是通过演员这条线来抓住我的，而作为一个人，只能以这种方式告终了，这也可以吧？反正要说结论嘛，十个人会有十种结论的。

不过，还有一种方式，比如中途就打住：“啊，自己就到此为止了。”这样的收场也不错吧。

041

如果生命的质量不好，那么即使寿命延长很多，我觉得也是无意义的。

与影片《澄沙之味》的原作者榴莲助川对谈，谈及生命的长度和质量。

——二〇一五年六月

医疗技术很发达，所以寿命都变长了，但是如果生命的质量不好，那么即使寿命延长很多，我觉得也是无意义的。我呢，以前总希望自己珍爱的人都活得长寿，所以每当出点什么事，我就会惊慌失措，内心里。而现在呢，做个假设，就算身边的人突然离世了，我也只会想到：哦—— 原来时候到了呀。心里没有压力。这应该也算成熟的一个标志吧。但是，我作为女演员，够成熟吗？（笑）做一名女演员，需要打造自己的身体，使得低胸敞领的华丽服装穿起来合身，还要不怕冷，可惜我从年轻时就没有做这些训练。很遗憾呢，就这一点是我后悔没做的事。（笑）

042

但凡发生的事，包括那些负面不好的在内，都会成为滋养自己的养分吧。

接受电视节目的采访，谈及自身的演员生涯。

——二〇一五年十一月

作为一个人，到我这个年纪，各种零部件都老化掉落，已不再整齐严密，自然会有各种东西渗漏出来咯。我做演员这一行呢，一做就是五十五年，遇到的事有好有坏。坏事不见得就不好，绝不是这样的。但凡发生的事，包括那些负面不好的在内，都会成为滋养自己的养分吧。

043

现在有一种风潮说人要活得长命百岁，我觉得这是有问题的。活那么长，是为了自己的享受么？这个值得思考了。

影片《澄沙之味》公映时接受采访，谈及身后事的处理问题。
——二〇一五年五月

人过了五十岁以后会迎来一个不知该往哪边走、无所适从的时期吧。要一直保持年轻状态是很难的。但话说回来，要对抗年龄我又觉得不是一回事儿。顺着年龄活下去，自己去找到合适的活法，只能这样吧。现在有一种风潮说人要活得长命百岁，我觉得这是有问题的。活那么长，是为了自己的享受么？这个值得思考了。我记得以前看到一个电视节目上说，有老年人以太吵闹为由反对在自家附近的公园里建设幼儿园，当时我很惊讶，听到小孩子的声音他们怎么不觉得快乐反而会感到吵闹呢？像这一类老年人，一定还精力比较旺盛，他们是站在自己的立场上看待外界的吧。这样做自然也不错，但是作为成年人应该说还不太成熟吧。听到小孩子们的声音不再感到快乐，日本什么时候变成了这样的国家呢，真叫人心凉啊。

044

有人曾对我说："希林你跟常人一样在变老呢。"不过我认为这是夸我的话。

围绕『变老是可怕的吗？』主题，接受杂志的特集采访。
——二〇一七年五月

现在来叫我饰演老婆婆角色的戏很多，这也是因为跟我同年代的女演员们不愿意演的缘故，她们觉得自己演这样的角色还为时过早。实际上她们真的很漂亮，我觉得四十多岁的角色都能演。电影导演西川美和曾对我说：“希林你跟常人一样在变老呢。”不过我认为这是夸我的话。

045

我是一名晚期高龄老人。现在我太喜欢这句话了。

出演电视节目，谈及自己从二十多岁就开始扮演「老婆婆」角色，现在实际年龄终于跟上了角色。

——二〇一八年五月

我是一名晚期高龄老人。现在我太喜欢这句话了。都已经是晚期高龄老人了，差不多就可以了吧。虽说我不是水户黄门老爷，但也想说那句话："阿助、阿格，差不多就可以了吧。"

046

在我的印象中，早先上了年纪的人都有一副好相貌。

接受制作人箭内道彦的访谈。

——二〇一三年四月

在我的印象中，早先上了年纪的人都有一副好相貌。而现在呢，上年纪的人都喜欢提到一个有意思的词“抗衰老”。

脸部拉个皮，充填点什么进去，头发怎么着整一整，然后觉得自己“看着没那么老嘛”，是不是这样？连男人都这样做了，这一来，结果就是没有味道的老人越来越多了，我觉得。那我是怎么想的呢？我希望活着不要那样做作，而我剩下的日子也真不多了，还是想要有一副从前老人那样的好相貌。

047

我总觉得，人过了六十岁，从某种好的意义来说，就会有与六十多岁这一年龄相符的美感。

与宇津井健对谈，被问及『演过很多戏，也有不少愉快的经历吧？』

——二〇〇六年十二月

才没那么愉快呢。（笑）慢慢地不再被要求只是躺着了，要么被吊起来，要么发怒摔跟斗，可是遭了大罪了。那时候我就做好了扮演老年角色的思想准备，当然也没那么明确的想法啦，总之后来一直演下来了。（笑）结果呢，到现在还在延续着这条路线，活儿是一直不断在接，倒不是说有活儿就好，我总觉得，人过了六十岁，从某种好的意义来说，就会有与六十多岁这一年龄相符的美感。如果能这样慢慢变老就好了，这就是我的真切感受了。

『人生不能称心如意，这也是很正常的。』在某杂志的采访中所谈并摄影。（二〇一六年）
©《PHP 特集》二〇一六年六月号／摄影＝大靏圆（昭和基地¥50）

第四章　人

关于做人和处世

048

（想做还没做的事）我好像并没有吧。但是，你要说有，那可是多了去了。人嘛，就是这样的。

出演有关抗癌主题的报道节目，被问及『意识到自己生命将要结束时，有没有什么事让你突然醒悟这正是自己想做却没做的』。

——二〇一六年二月

比如说，在为电影做宣传时，我们经常会被要求这么说或者那么说。有人就会问："有什么想做却还没做的事吗？"

不过呢，我会回答说，（想做还没做的事）我好像并没有吧。但是，你要说有，那可是多了去了。人嘛，就是这样的。所以说，从这个意味上来说，我是一个"无忧无虑无牵无挂"的癌症患者。

049

就算变成了这副样子，不也很有趣么？

参加朝日新闻运营的网络媒体《With news》策划的活动，在暑假来临之前，写给那些活着感到痛苦的年轻人。

——二〇一八年七月

你去读一读古时候传下来的书

大抵　写着同样的话

据说　自杀者的灵魂要比活着的时候更痛苦万分

这是不是真的　我不知道

但我相信它

我是个弱小的人　所以

我活着

唯有自绝性命　这样的事

我不会去做

就算变成了这副样子　不也很有趣么

KIKI KILIN　七十五岁

050

这世上只有老太婆才是能够发动革命的唯一存在。

与漫画家 Baron 吉元对谈，谈及自身在电视剧《寺内贯太郎一家》中饰演的角色寺内金的人物特点。

——一九七四年九月

当你还是个孩子时，看到三十岁的人就会想：到了那个年纪，应该很有分辨判断能力了吧。是不是经常这样？可是呢，一旦等自己也到了三十岁，你会发现自己抱有的感情跟小时候也差不多。要么眼馋什么东西啦，要么羡慕别人啦，都一样。这样的话，要是自己扮演一个七十来岁年纪的角色，我想就是不能把她当成一个老婆婆来演。我以为就根据自己的年纪去演好了，自己怎么想就怎么演……

所以我通过扮演寺内金这个角色，深刻地认识到一点，那就是，这世上只有老太婆才是能够发动革命的唯一存在。男人呢，说到底，离开了社会声誉呀荣耀之类他是活不下去的。这一点来说，女人就只是活着，她本能地具备这种生命活力。所以说，跟蟑螂一样，我感觉老太婆是这世上最顽强的。男人身上呢，只有想要发动革命的美好愿望而已。

051

无论哪一对夫妇，既然有缘结为夫妇，这就说明对方的不足之处自己身上也有。只要弄懂了这一点，就能够接受结婚这件事了吧。

影片《澄沙之味》公映时接受采访，谈及夫妇关系。

——二〇一五年七月

我在二十多岁的时候，曾经有个阶段对人生充满了厌腻情绪。总在想，这往后还不得不活几十年吗？那时候遇到了我的丈夫，那个总跟我合不来的丈夫（摇滚歌手内田裕也），是他成了我的压舱石。如果没有那样的丈夫，像我这样的人要么放纵散漫，要么早就自甘堕落，不知道变成什么样了。因为有丈夫在，我就没有工夫去厌腻人生了。我就是这样一路走来，对此还是心存感激的。我身边发生的事，有些在旁人眼里哪怕是糟糕透顶的，但对我来说，所有都是必不可少的，对当事的另一方而言可能会觉得讨厌。（笑）

无论哪一对夫妇，既然有缘结为夫妇，这就说明对方的不足之处自己身上也有。只要弄懂了这一点，就能够接受结婚这件事了吧。有时候我看到有人在批评自己的丈夫或妻子，心里就会想："这个人在骂自己吧。"（笑）

045

因为跟对方是面对面地生活，所以他的缺点都看得见。

作为嘉宾参演电视节目，有观众提问『讨厌自己的丈夫，该怎么办』。

——二〇一八年五月

因为跟对方是面对面地生活，所以他的缺点都看得见。一般情况下，你要是想：唉！怎么会跟这么个人走到一起的呢？你就会讨厌起他来。对方也会有这种感觉的。所以，要把你的注意力转向别处，比如有一个具体的目标是不是比较好？

你要是过度去关注你的孩子，孩子也会感到累的，所以你可以再去找找看，看身边还有没有可以让自己夫妇两人参加的活动。至于可以做什么，这个我也不太清楚了。（中略）

（人有缺点）是很正常的。所以，你要是说丈夫令人讨厌，那说明你也被讨厌着呢吧。（笑）

053

自己筑起一道墙把自己关起来的年轻人很多。明明可以活得自由自在的，自己非要把日子搞得不好过，真是浪费可惜了。本来并没有什么墙壁的嘛。

影片《澄沙之味》公映时接受采访，将影片和现实结合起来谈年轻人的活法。

——二〇一五年六月

自己筑起一道墙把自己关起来的年轻人很多。明明可以活得自由自在的，自己非要把日子搞得不好过，真是浪费可惜了。本来并没有什么墙壁的嘛。如果能把这个道理告诉给他们，我想我演这个角色就有意义了吧。

054

助长散播风言风语、增强风潮势头的说到底还是我们自己。大家很在意周围的邻居街坊，生怕他们看到什么听到什么。可是，实际上每一个“自己”又成了那看着听着的人。所以说，有时候需要怀疑一下自己，问问自己到底做得怎么样？

就日本麻风病隔离政策的主题接受纸报采访，结合自身在影片《澄沙之味》中扮演曾经的麻风病人的体验，陈述见解。

——二〇一六年六月

二十世纪三十年代，国家为了彻底根除麻风病，发起了打造“无癞（麻风病）县运动”，将麻风病人强制送入疗养所，并对检举揭发人实行奖励。那时候，普通老百姓为了保身，就把那些病人交代出去了。我说这个，可不是想指责谁。只是，助长散播风言风语、增强风潮势头的说到底还是我们自己。大家很在意周围的邻居街坊，生怕他们看到什么听到什么。可是，实际上每一个“自己”又成了那看着听着的人。所以说，有时候需要怀疑一下自己，问问自己到底做得怎么样？

如今，也有人想要排除另外的什么人，如果说这种风潮还比较强，那么只能说这些人心里是有所不满的。他们很不爽吧，一定。因为没人去倾听他们的不满。我想人们应该了解自己的弱点。哪怕只是知晓而不能做更多，也并非没有好处。时代正在变得越来越压抑，也许这才让我越发强烈地有了这种感受吧。

055

对人也一样，我喜欢曾经失败过一次的人。

女儿内田也哉子结婚时接受采访。

——一九九五年七月

对人也一样，我喜欢曾经失败过一次的人。比如卷入某个事件中毁掉过的人，这样形容他们虽然用词不够贴切，他们在某种意义上是体验过人生谷底的滋味的。他们是知道疼痛的。所以，跟他们不但能聊很多故事，同时也能从那里看出变化来。

056

如果你想做自己喜欢的事，首先要从高处俯瞰自己的性格，了解自己是个什么样的人，然后再来做决断。

与相声组合 Peace 的又吉直树对谈，听又吉谈到很长一段时间住在没有浴室的房子里，发表感想。

——二〇一五年七月

我因为是这种性格，就料想着自己什么时候会丢了饭碗。于是就打算做房东收租金。这样的话总归丢不了饭碗了。当你落魄到谁都救不了你的地步，那就是芥川描写的《蜘蛛之丝》那样的境地了。

如果你想做自己喜欢的事，首先要从高处俯瞰自己的性格，了解自己是个什么样的人，然后再来做决断。我是这样想的。对于活着这件事，我可要比你贪著多了。我可不愿意住在没有浴室的地方。（笑）

057

你要是打心眼里低头跟人接触，就会发现对方其实出乎意料地懂你。

与吉卜力工作室的铃木敏夫对谈，结合自己的经历谈及『道歉』一事。

——二〇一五年八月

我呢，经常会这样想，我这个人性子随随便便不爱较真，可是我不会轻易道歉，尽管是随随便便的性子。不过有时候呢，还是会打心眼里低头的，会有这种谦恭情绪的。你要是打心眼里低头跟人接触，就会发现对方其实出乎意料地懂你。我丈夫什么的，我也是这样对他的。

058

也能把愤怒转化成悲伤，我认为这样的日本人是令人心疼的。

参演纪录片节目，到访石卷市一个被海啸冲毁了的神社，谈及和歌歌人冈野弘彦为震灾写下的和歌作品。

——二〇一三年十一月

冈野先生的和歌中，有一首表现了日本人甚至能将愤怒转化为悲伤。心中的怒火到底还是没有直接喷发出来，而是将愤怒也转化成了悲伤，这样的日本人是让我深深感动的。令人心疼。我也是人，生活中也承受着各种各样的负担，即便如此，看到他们要克服这么大的困难，努力求生的坚强精神令人心疼，我还是被震撼了，胸口堵住了一般。那神社本身是很小的，真的非常非常小。即便如此，人们还是把它作为了心灵的寄托，这真是很……

用一句话来说，做人还是挺好的，我当时是这么想的。

059

有些事旁人看来似乎还不错，但对当事人来说其实很痛苦，因为每个人的感受想法都是不一样的。

接受制作人箭内道彦的访谈。

——二〇一三年四月

在东京一下雪，人们都很开心，可这一来交通马上就瘫痪了。所以道理跟这个一样。人们对事物的想法也是这样的吧。有些事旁人看来似乎还不错，但对当事人来说其实很痛苦，因为每个人的感受想法都是不一样的。

不会只有你一个人感到孤单，不会只有你一个人感到痛苦的。是不是？有的人嘻嘻哈哈无忧无虑的样子，但其实往往并不是那么幸福的。所以啊，如果你感到自己碰到的事没有一件好的，这个时候你就不要再往坏里想了。

060

人呢，这种存在本身就是很滑稽的，但同时又是可爱可悲的。

出演电视剧《郎有情妾有意》时接受采访。
——一九九八年二月

人呢，这种存在本身就是很滑稽的，但同时又是可爱可悲的。已经到了新旧世代角色交替的时期，所以我想该根据需要退出一线了。从今往后我会不断缩小自己的存在感，爱惜身体吧。

061

哪怕没有金钱、地位和名声，哪怕在旁人眼里是平淡无奇的人生，但是，人只要能够做自己真正喜欢的事，自己感到“啊，真幸福啊”，那么他的人生就是灿烂辉煌的。

影片《比海更深》公映时接受采访，谈及自己的幸福观。

——二〇一六年六月

人们往往会说：本不该变成这样的……之所以会产生这种懊悔的心情，那是因为事情的结果与自己原定的目标、自己心里设想的幸福场景不大一样的缘故吧。可是，这原定的目标就是自己真正企望的东西吗？有可能是按照别人的价值观设定的吧，也有可能只是跟别人相比较产生的羡慕之情吧？可能每个人重新审视一下自己比较好吧。哪怕没有金钱、地位和名声，哪怕在旁人眼里是一种平淡无奇的人生，但是，人只要能够做自己真正喜欢的事，自己感到“啊，真幸福啊”，那么他的人生就是灿烂辉煌的。

062

说到底，能挣钱的人，我觉得还是有他的责任的，就因为获得了金钱。

接受制作人箭内道彦的采访，谈到『我觉得不需要钱财吧』。

——二〇一三年四月

他们花钱都会花错吧，嗯，我想是的。

不过呢，赚钱我倒是觉得无可厚非。毕竟有需求那个什么的。所以，嗯，我觉得可以的。要说做人的价值怎么会有高低区别，那是由花钱的方式决定这个不同的呢。说到底，能挣钱的人，我觉得还是有他的责任的，就因为获得了金钱。而这个责任怎样去履行，根据这一点我认为不同的人就区分出不同的人生来了，有的人一辈子过得毫无生趣，有的人一辈子怨天怨地……

钱这种东西呢，手头上一定程度有点钱之后，买买房子买买车，生活水平差不多改善了的话，其他就没有什么用场了吧。

063

不管面对什么东西，我的基本要求都是希望发挥它本来的功能作用。

接受杂志采访，谈及『功能美学』。

——二〇〇二年八月

不管对于什么东西，我的基本要求都是希望发挥它本来的功能作用。家里盖房子的时候也一样，我跟建筑师提过一个要求，希望他考虑一点，使用材料时比如石头就是石头、木头就是木头、黄铜就是黄铜、玻璃就是玻璃，只要充分发挥这些材料的优点就好。我认为只要做到了这一点，这素材本身的美感就能显示出来。做人也是同样的道理吧。

064

因你自身的存在，让别人和周围感到兴奋。你能遇到这样的机会，这种机会一定会到来的。

暑假结束新学期来临之前给孩子们的赠言，由新闻网站《不登校新闻》刊发。最初为《问题思考：孩子们为何拒绝上学不愿上学——全国培训会in山口县》上的主题演讲报告。

——二〇一五年八月

我小时候是个自闭倾向比较强的孩子，所以我会一直静静地观察别人。也有不去上学的日子，那时候我父亲一定会对我说："不去上学也没关系，来！你上这边来，过来。"所以我想，我的孩子如果遇到了这种情况，我会对他说同样的话。

再说了，虽说不去上学，也不等于无所事事吧。每个人都是有他的作用任务的，不管那作用看起来是多么的不起眼。如果有人对你说：你发挥了作用，辛苦了！听到这话，大人都会感到高兴。更何况是孩子，应该会干劲十足吧。

只是呢，我感到"一直不去上学"的孩子本人要承受很大压力的。我的丈夫有一天说了这么一句话："你知道吗，人要变坏是很难的。要花费很大的精力呢。而且，要一直坏下去也是很痛苦的呢。"

我想，某种意义上不去上学也是这样吧。你也许没法去上学，但你可能会因你自身的存在，让别人和周围感到兴奋。你能遇到这样的机会，这种机会一定会到来的。

065

战争是什么，就是和自己身边的人们之间的争斗。

出演电视纪录片节目，到访冲绳县边野古美军基地建设计划用地，谈及战争。

——二〇一五年八月

战争是什么，如果把它理解成国与国之间的交战，那也就没什么可说的了，但我在各种场合都真实感受到，这其实就是和自己身边的人们之间的争斗。当自己的国家往这个方向去的时候，以及持不同意见的时候，你很难说服自己身边的人们，要么自己被说服了，这时候你会和他们或者被说服的自己发生争斗，这决不是和其他国家之间的问题。要说是与其他国家之间的问题，那就是战争爆发带来的惨状，而哪怕这一点我也感觉到更像是与自己身边的人们的争斗。我的结论就是这样。

我觉得我们要活下去，必须活下去，但必须认清真相。提起与其他国家之间的问题，人们都会想与韩国、朝鲜、美国的对立，但我觉得这不是本质。而是自己与身边人的争斗，这就是我考虑战争这个问题的出发点。

066

要说做人这件事，本来就是不正确的。

接受制作人箭内道彦的访谈，说到『我这个人就是很俗气的』。

——二〇〇七年八月

要说做人这件事，本来就是不正确的。说起做人呢，没法做到清正廉洁无欲无求吧？到了我这个岁数，什么都会化为无。吃得少一点就够了，穿得少一点也可以了，所有这些东西都会变得不需要，所以不想再奋斗，但说到年轻时，还是会认为有了这些东西才活得像个人呢。有各种欲望，所以也就能制作出各种东西来。

自己家里一个人的晚餐。画面前方摆着的一份饭是为丈夫内田裕也准备的。（一九七四年）©《朝日新闻》

第五章 情

关于夫妻之间

067

我从没听过裕也他对别人的事说三道四。大概他有一条原则，我是我你是你，各不相干。他从没说过别人的坏话。我喜欢他的这种个性。男人就该这样。

闪电结婚后，夫妇俩接受杂志的采访。

——一九七三年十月

我原本打算再也不结婚的了。只是，孩子是想要的。但这也不是说对象任谁都可以。后来碰到了裕也，我当时还不懂什么 Rock-n-Roll，只看到了他的活法，拼了命地玩摇滚。我想，这个人恐怕成了满头白发的老爷爷，即便跟年轻人多少有点不合拍，他一定还在玩摇滚。这样活一辈子不也很好吗？我也要这样，哪怕再笨再木，也要在演员的行当一条道上走到黑。

还有，我从没听过裕也他对别人的事说三道四。大概他有一条原则，我做我的，你做你的，各不相干。他从没说过别人的坏话。我喜欢他的这种个性。男人就该这样。于是，我就有了一种强烈的愿望，想要生一个他的孩子。正当这时，裕也对我说："你做我的老婆吧……" 一开始我还以为他是开玩笑呢，嘿嘿嘿。

068

像他那样吊儿郎当的人，不管怎么样还是提交了这样的协议书，也算是一个进步吧。

内田裕也单方面提交离婚协议书后，接受杂志采访。

——一九八一年四月

他让情况变成了这样，我倒要感谢他。

像他那样吊儿郎当的人，不管怎么样还是提交了这样的协议书，也算是一个进步吧。裕也是想活得明明白白、把工作处理得清清楚楚的人，所以才会做出这种事。我认为这点是好的。

069

我想作为女人，还是该做好理应做的事，才能安心死去吧。

我认为只有彼此过好自然正常的日子，他才是个摇滚人，我才是女演员。

内田裕也单方面提出离婚后，接受杂志采访谈及离婚风波。

——一九八一年四月

不凑巧的是，最初的三年我们虽然一起生活的，但没有结婚过日子的实感。不如说，后来分居了，彼此才开始在意起对方来，我在杂志上看到他的照片，居然会感怀："哦，这就是我老公啊！"他呢，会把我到处乱写的文章找出来通读一遍，然后给我打电话："我说你呀，还在那里胡说八道。性格一点儿也改不过来。"他大概为各种遇事不顺感到累了。

不过呢，他不是为了跟我恢复关系来套近乎的，而且我感到他提出离婚也是认真的。不管他感到多累，我是很轻松的。对一个女人来说，没有人要你服侍，那真是很舒服了。到目前为止，我一直过得轻松自在无所事事，这就是我的不是了吧。我想作为女人，还是该做好理应做的事，才能安心死去吧。我认为只有彼此过好自然正常的日子，他才是个摇滚人，我才是女演员。希望今后能够脚踏实地地过日子，如果他能回来，我一定要这样认真拜托他。

070

对自己的丈夫，我还不明白是喜欢还是讨厌呢，还没搞懂这一点就分手，这也太不负责任了吧，不可能的。

内田裕也提出了离婚申请之后接受杂志采访。

——一九八一年四月

我丈夫有美丽的心灵，这一点很了不起。以前我没注意到夫妻之间的爱，如果再在一起生活，我想我能体会到。婚后的日子还没能好好过一过呢，谈什么离婚呀。像这样的话，只是虚度时光，光给人添麻烦了。对自己的丈夫，我还不明白是喜欢还是讨厌呢，还没搞懂这一点就分手，这也太不负责任了吧，不可能的。

071

和内田先生呢，我能感到我跟他关注的是同一个方向。游击队式的、想要搞破坏似的那种心情也能共有。跟他就像是一种休戚与共的同志关系吧。

接受报纸采访，谈及内田裕也。

——二〇〇五年七月

和内田先生呢，我能感到我跟他关注的是同一个方向。游击队式的、想要搞破坏似的那种心情也能共有。跟他就像是一种休戚与共的同志关系吧。也许他正在朝着一个稀奇古怪的目标勇往直前。这种事他总是不知疲倦。

（中略）生活当中的琐碎事务和对人的感情是两码事。琐碎的事情不管你做多少，也不会产生“关注的方向相同”这种感受吧。

072

如果能看到自己的缺点，主动认错，也没什么大不了的了。我丈夫以前对我还真是很不错的。

与宇津井健对谈，谈及自己得了癌症之后，重新整理了一下对内田裕也的感情。

——二〇〇六年十二月

如果能看到自己的缺点，主动认错，也没什么大不了的了。我丈夫以前对我还真是很不错的。本来他这个人是好的，就是不太能适应社会生活，还有某种破坏倾向。不过，我倒觉得我要是没有这样一个丈夫，这一辈子也就没那么多乐子了。而且，到了最后，虽说还不知道接下去还能活几年，总之我明白了一点，我若能低下头去认错，情况会有如此大的改观，我觉得这是我一个很宝贵的收获。

073

既然我跟他在户籍上是夫妻，这些都只能接受。因为我丈夫身上，我至今依然能看到一点纯粹的东西。

内田裕也因强迫交往未遂嫌疑被逮捕后，希林面对媒体披露心境。

——二〇一一年五月

二人相识五十几天就结婚。树木为再婚。（一九七三年）© Kodansha\Aflo

074

为了下辈子不再相遇，今生就奉陪到底了。（笑）

影片《神宫希林 我的神灵》公映时接受采访，谈及与内田裕也的婚姻生活。

——二〇一四年五月

与其说因为爱吧，不如说我这边需要内田先生。只是我十分清楚，这样做在他看来是很烦人的。现在呢，如果我对他说："谢谢你啊。让你受累了呢！"他会回答："啥——呀，没的事。"（笑）为了下辈子不再相遇，今生就奉陪到底了。（笑）

075

在摇滚面前，我只好认输！

接受电视采访，谈及内田裕也。

——二〇一四年六月

前不久，我丈夫对我说："我说你呀，能不能把印章放在人家知道的地方吗？"我问他："什么，你提印章干吗？你难道想拿走我的那个？"结果他说："我当然有一半权利这样做咯。"我说："是吗，我可一点儿都没享受到你那一半。"于是人说了："这话说的，我要是有，早给你了！这不没有嘛！"我又说："话是这么说，那你还想把我的拿去用。"结果他说："咱俩是夫妻啊，当然要相互帮助嘛！"（笑）

在摇滚面前，我只好认输！

076

陪在某个人的身边生活，我认为一个人要成熟就必须这么去做。

与别所哲也对谈，被问到：『你是不是觉得男人中无人能超过内田先生？』

——二〇一四年十月

是呀。我的缘分就在他那儿吧。陪在某个人的身边生活，我认为一个人要成熟就必须这么去做。从这种意味上说，我和内田先生在一起，其实某种意义上我是有盘算的。这个盘算就是为了让自己成熟。

077

曾经有一段时期，人们认为内田先生做事离谱，而我倒是稳重端正，是不是？可实际上呢，倒是我，差点儿就把日子过得放纵不羁全不着调。所以说，他对于我，相当于一块大小正好的压舱石。

接受报纸的访谈，回顾自己的半生，谈及与内田裕也的分居生活。

——二〇一五年五月

当时也有了孩子，这一来不说别的，跟那样的丈夫没法过下去了。所以就分开过了，一直到今天差不多有四十年。

我也为自己的事费尽了全副精力，旁的事管不过来。那么，他呢就随他了，反正就是像洄游鱼一样的人，他做他的 Rock-n-Roll。这样也好，彼此的利益不受损害。

内田先生工作得来的收入呢，全部归他所有，但相关的税金还有保险费的缴纳却由我来承担的。就好像他问“这样办没意见吧”，我同意说“没意见，好的”，反正双方就是这感觉吧。再说他花钱也从不考虑缴税的事。

总而言之，对我而言他就是一块重要的压舱石。最近，我身上的一些怪癖也渐渐被大家知道了，曾经有一段时期，人们认为内田先生做事离谱，而我倒是稳重端正，是不是？可实际上呢，倒是我，差点儿就把日子过得放纵不羁全不着调。所以说，他对于我，相当于一块大小正好的压舱石。我就看在他作为压舱石的分上，替他缴纳税金了。(笑)

078

对于内田，我是感谢的。跟他在一起，我心情会轻松起来，觉得自己居然还是个正经人。所以，实际上应该说得到好处的还是我这边吧。

影片《澄沙之味》公映时接受采访，谈及与内田裕也的生活。

——二〇一五年六月

当时 DV 很严重，我自然也要反抗，搞得家里一团乱糟。有一次在附近的五金店里还被问起呢，“怎么你家老来买菜刀啊？”（笑）

外界也许会认为我是 DV 的受害者，其实对于内田，我是感谢的。年轻时的我呢，体内好像有一股岩浆一样激烈翻滚的感情和自我意识，自己也不知道“这样的状态下该怎样活下去”？这时候我遇见了内田，他的自我意识更加强烈。跟他在一起，我心情会轻松起来，觉得自己居然还是个正经人。所以说，实际上得到好处的还是我这边吧。

我们年轻时候，那说起来是吵得不可开交了。但是，随着时间过去年纪大了，也就吵不动了，还慢慢懂得了怎样保持一个适当的距离。只是走到这一步之前，可能花了太多的时间吧。（笑）

079

也许没有必要忍着反感去勉强维持婚姻生活的外形吧。

影片《比海更深》公映时接受采访，谈及婚姻。
——二〇一六年六月

一个人结婚了是要吃苦的，也会产生心烦的情绪，而且还必然会深度陷入夫妇、亲子之类的人际关系中去。以前有段时间我一直认为，不经历这些，人是不会成熟的。但是现在呢，我觉得还是不要勉强的好。以前我觉得，如果要同居，那还是先登记加了户籍比较好。因为同居吧，即使分手，也不会留下任何令人心烦的结果了。这种随意方便的做法，等于在浪费人生。像这种不深不浅的关系就算经历很多次，人也不会成熟的。无论是维持婚姻生活，还是决定分手，肯定都会出现令人心烦的事。可是，这样的经历在人的一辈子当中是很重要的。以前我是这样想的。只是最近呢，我总觉得如果能找到一种办法让自己成熟，那么不结婚也可以吧。生病之后我弄懂了一点，那就是，人的一生并没有那么长。所以呢，也许没有必要忍着反感再去勉强维持婚姻生活的外形吧。当然，恋人还是要有的。

080

到了那个世界还会不会住到一起？你问这个，让我想想。不过，也就剩下骨头了。都不会说话了，所以就不会生气了吧。

在报纸的连载访谈栏中，谈及内田裕也。

——二〇一八年五月

死了之后我也会进到内田家的坟里去。因为那是我买的坟墓。到了那个世界还会不会住到一起?你问这个，让我想想。不过，也就剩下骨头了。都不会说话了，所以就不会生气了吧。我俩都觉得对方会先走，不过我女儿说了:“可能的话，还是让爸爸先走好了。”她说不知道该怎样跟他相处。

我女儿啊，托大家的福，已经成人，考虑问题很得当。经常在久世的电视剧里跟我合演的由利徹对她总觉得很不可思议，他问我:“这是你和裕也的孩子么? 怎么会生出那样的孩子来?”不过，我的孙子孙女这一代可不知道了呢。有一个可是跟内田很像的。(笑)

在自家玄关前。二层住着女儿也哉子和本木雅弘一家。(二〇一五年)
©《周刊现代》(讲谈社)/摄影＝菊池修

第六章　家

关于家庭和育儿

081

作为一个家庭，没有规定说必须这样必须那样吧。

某杂志举办的随笔接力中，写到影片《小偷家族》中的家庭和自身的家庭。

——二〇一八年七月

这次拍的《小偷家族》讲的是一个超越了血缘关系的家庭中家人之间的亲情故事。作为一个家庭，没有规定说必须这样必须那样吧。人们会说我，结婚四十五年了，竟然有四十三年是夫妻分居，不过我倒觉得多亏有内田先生在。我呢，自年轻时就有一种偏好颓败的倾向，喜欢搞点自我毁灭式的事情，所以有他那样活得还要激烈的人在近旁，这真是好极了。如今我是这样认为的。

我并没想过要有个家，不过无心插柳竟然也有了家人，因为平时跟女儿女婿住在一套两代一户的房子里，现在住在英国和美国的外孙外孙女也会过来看我。他们来了，我很开心，说要走了，也会感到冷清。我还是有福气的吧。

082

对我来说，对家人是“必须要倾注”关爱的，这感情出自某种义务感或者说伦理观。

影片《比海更深》公映时接受采访，谈及家人。
——二〇一六年六月

对我来说，对家人是“必须要倾注”关爱的，这感情出自某种义务感或者说伦理观。为了保护家人不惜牺牲自己，或者说因思念家人辗转反侧，类似的这种深情我认为我并不具备。难道不是这样吗？我和我丈夫哪怕一年不见面，都能泰然自若，你不觉得哪里不对头？不是说我们俩心存默契，我们的关系绝对没有这样高的境界……有时候吧，我这不是犯贱么，会试着跟他说：“你差不多就回来（家）吧？”你猜人家怎么说？“你能容忍我？不可能吧。”这事就了结了。（笑）出于礼节我也惦念着他的，感觉“不惦记似乎不太好”呢。

083

我认为在现实生活中亲身接触死亡这个概念是好事。

与儿童文学作家灰谷健次郎对谈，谈及自己的『教育法』。

——一九八五年九月

我女儿九岁了，我母亲和我婆婆去世时，一般人家不会让孩子看到遗体吧，但我孩子说想看一眼她们的面容，我就说“你看看吧”，让她看了。她掀开了盖着的白布，摸了摸。我认为在现实生活中亲身接触死亡这个概念是好事。要说我的教育法，也就是这些。

084

有人教育孩子总会说：应该那样做，不要这样做，不该那样做。我总觉得这种环境下人是长不大的。

出演电视节目，和演艺人YOU、电影导演是枝裕和三人鼎谈，谈及对待自家孩子、孙儿的方式。

——二〇〇八年六月

我带孩子的时候，没有一件衣服是特地给她买的。全部都是旧衣服的再利用。哪怕是一件T恤衫，我把肩膀部分裁窄一点，然后这边都用缝纫机给它缝好。余下的身子部分就那样晃晃荡荡晃晃荡荡了。我女儿呢，穿的时候就随意这样打个结也就穿上了。以前就是这样过日子的。

还有，那时候流行粉红女郎呀凯蒂猫呀，大家都贴在衣服上，有这样的图案吧。我不喜欢这样的，就选单色，单色，全部都是单色。从来没给她买过粉色的、这一类东西。所以，也许出于这种反弹作用吧，我女儿好像会给孙女穿一些粉色的。

所以我觉得呢，大人认为孩子穿上这个会显得可爱吧，孩子会喜欢吧，这都是没必要的。都是过度干涉。有人教育孩子总会说：应该那样做，不要这样做，不该那样做。我总觉得这种环境下人是长不大的。

085

一个家庭要女人牢靠一些才好。家里老婆掌权才是正好。

接受报纸采访，谈及自己的母亲。

——一九九九年二月

我的母亲名叫中谷清子。离世十三周年的佛事法会都做过了。母亲从前很能喝酒，一喝就喝得烂醉，由父亲去把她扛回来。总而言之是个疯疯癫癫的母亲。

到了晚年，她花了别人三倍的工夫去考了驾照。第一次上路，信号灯明明是红的，她突然踩了油门。好像说车轮胎都压到行人的脚尖了。那人吓了一跳，满脸惊愕，可母亲呢还不紧不慢地道歉："真是对不起了。"她还有理："你看嘛，边上的信号灯是绿的呀！"听的人张口结舌无言以对了。

然而，我母亲的生活能力那是没的说了，很厉害。一个家庭要女人牢靠一些才好。家里老婆掌权才是正好。男人一遭遇逆境，往往会意想不到地软弱。男人某种意义上是装饰品。就像庙会游行中抬着的神轿顶上呼啦呼啦飘着的东西，神轿只有底座牢靠，顶端飘着的东西才会亮丽显眼。

我父亲是萨摩琵琶的演奏师。母亲战前在神田的咖啡店里干，后来在横滨经营一家居酒屋，在家里也很勤快，忙里忙外。她的精力超过常人。

086

人们说我父亲命好，出生在幸运星下，但这说法不对。他可是自己摘到这幸运星的，凭借他的性格。

接受报纸采访，谈及身为萨摩琵琶演奏师的父亲。

——一九九六年二月

正如上所述，父亲经常会在身边找到有趣的事跟我们讲。正因为是这样的人，自然会有很多人聚集到他的身边。

人们说我父亲命好，出生在幸运星下，但这说法不对。他可是自己摘到这幸运星的，凭借他的性格。

对我来说，我父亲让人无法反抗。就因为这一点，等我走上社会后，我想自己是有过不少反抗行为的。我继承了父亲喜欢找乐子的性格。也许这就是我成为一名演员的基础吧。

087

与其说搞好关系，不如说我对他们都不闻不问吧。对于家人，几乎所有人，甚至到孙儿一辈的事我都不去过问的。我觉得大家都是独立自主的，聚在一起才组成这么一个家庭。

作为嘉宾出演电视节目，被观众问及：『和女婿怎样搞好关系？』

——二〇一八年五月

与其说搞好关系，不如说我对他们都不闻不问吧。对于家人，几乎所有人，甚至到孙儿一辈的事我都不去过问的。要是听说他们在哪里受了挫折，那你肯定会有感情代入。必定的，只要是亲人。所以，那种时候就要把他想象成非亲非故的人，这样的话，说一声：“啊，出了这种事啊，你一定很痛吧！”这就完事了。可是，你要是想着他是自己的孙儿，是自己的女婿，是家里的顶梁柱，那你就会发愁：“他要不要紧呢？”我会尽量让自己不去想这些事。我从没给自己的孩子还有孙儿买过什么礼物。迄今为止一次都没买过。他们都嫌弃我吧，这时候我会觉得他们也挺可恶的。（笑）不管怎么说，只要不期待，完全不期待就好。

所有的期待这种心情呢，都是从自己的角度出发的，“自己希望有这样的结果”，是不是？如果站在对方的角度，看到的情况又有不同了吧。每个人各有各的想法，我觉得大家都是独立自主的，聚在一起才组成这么一个家庭，所以，当你提议“你这样做吧”，但如果对方说“不，我不这样做”，这时你就会感到愤懑不平，但如果你不抱有期待，那就没问题啦！因为大家基本上都是端正踏实的人嘛。

088

这社会上的家庭之所以不会崩溃，全靠女人的坚强支撑吧。女人成为了台座基础，就是“始”这个汉字。可以说凡事的开始，都是由女人打下基础的。

影片《东京塔　老妈和我还有老爸》公映时接受采访，谈及扮演片中的母亲角色。

——二〇〇七年四月

这社会上的家庭之所以不会崩溃，全靠女人的坚强支撑吧。女人成为了台座基础，就是“始”这个汉字。可以说凡事的开始，都是由女人打下基础的。这个基础呢，现在这个社会上开始摇晃起来了。只要基础这一块稳固牢靠，大多数情况都没问题的。女人是什么样的人？我想一定是到了她生命的终点，会有人不舍地为她哭泣，或者永远会有人记得她，感恩她的存在。不过呢，原作中有一句话：“做母亲的人是无欲无求的。”我觉得其实并非无欲无求的。即使母亲，她也是在自己的人生道路上不断选择过来的。只是从结果来看呢，我们从她嘴里听不到一句怨言。这就很了不起了。经历了各种各样的磨砺苦难，却从不责怪旁人，这就是女人的刚强硬气之处，我想做母亲的都是这样的吧。

089

看到不好的地方，我尽量会换一种说法去评判他。

在电视节目上，与演艺人 YOU、电影导演是枝裕和三人鼎谈，谈及对待儿孙的方式。

——二〇〇八年六月

（男孩儿）少许有点儿胆小，我反倒会夸奖一下。说真的，这性格并不很好吧。换作旁人一般会想到“该有点男子汉气概才好”。可是，一个孩子自有他的脾性，你不能去否定他，或者告诉他该这么做那么做。那么，看到不好的地方怎么办呢？我尽量会换一种说法去评判他，对他说：“你看，你这点还是非常棒的，表明你做事小心谨慎呢。”小的那个孙女儿呢，似乎完全没有我的遗传，她的长相属于本木那家子的，怎么看都是个美人坯子。这孩子呢，一开始有点不喜欢我的样子，总之跟我的感情不是那么的好，后来熟悉亲热起来了，我就问她：“是不是大家都夸你长得漂亮可爱啊？”她说：“嗯。”于是我就告诉她：“可是啊，你要是自己也总这么想的话，性格就会变坏哦，会没有朋友的呢。所以呢，你要成为一个比别人更善良的孩子才行。这样的话，又可爱又善良，就会变得更好呢。”她呢，低声回答说：“我懂了。”（笑）

090

在我家，孩子自己的内衣裤之类当然要让他／她自己洗。

在NHK的早间连续电视小说《烈驹》中扮演主人公的母亲角色，拍摄时接受采访，被问及育儿经。

——一九八六年六月

我认为养孩子不能宠着惯着他/她。自己的事情就得让他/她自己做，家务事也应该让他/她和父母一起分担，我是这么想的。作为孩子，他/她看着父母怎么做这些事，他/她就会记住的。在我家，孩子自己的内衣裤之类当然要让他/她自己洗。一开始，我女儿也会一脸懵懂不知道该怎么办，我就事先做示范给她看，告诉她该这样洗，然后就放手，“来！ 自己试一下。”这样她就学会自己洗衣服了。

091

等他进入社会后再遭受挫折就难办了，所以我就让他先在我这里受点伤。

在电视节目中，与演艺人YOU、电影导演是枝裕和三人鼎谈，谈及孩子的教育。

——二〇〇八年六月

我感到我是把孩子当作一个独立的人来对待的。所以，我不会把她看作是宝宝啦，小娃娃啦。我对她说的话有时也是残忍的。但是，她会因此受伤吧，是不是？我这样做，我是觉得一个在无菌环境里长大的孩子，等他进入社会后再遭受挫折就难办了，所以我干脆就让他先在我这里受点伤。

所以，就说我家里是怎么教育孩子的，因为只有一个孩子，比如有什么蛋糕啦好吃的东西时，端上桌子后，我跟她讲好最先动手的应该是我，我会最先拿好一份。在旁人看来，也许会觉得这当妈的也太不像话了，但在我家，我就是没说过“宝贝，快吃”之类的话，故意不说的。

等孩子们走上社会，他们就会发现，没人会对他说：“宝贝，你先来。”

世田谷区的砧拍摄基地附近的居酒屋是希林常去的，她在那里用晚餐，为了驱寒来一杯烤鱼鳍酒。（一九九〇年）© 朝日新闻社

第七章 务

关于工作和责任

092

即使时代变了，我也从不考虑该怎样去顺应这个变化潮流。我是不管时代风潮的，尽量不去管。

接受采访时被问及『这则广告是不是跟你的气质很相符』。

——二〇一六年十一月

这则电视广告表现的世界跟我的性格特点是相符的。电视广告这种东西后来发挥的力量越来越大，逐渐确立了它的作用，现在有人来邀请拍广告，这似乎都成了演员的身份标志了，所以我是觉得有点惊讶的。像这样，即使时代变了，我也从不考虑该怎样去顺应这个变化潮流。我是不管时代风潮的，尽量不去管。可不是么，从前那会儿有个前辈女演员把我叫过去，对我说："你呀，要是去拍了电视广告，就演不好戏了。"可我从那会儿起就主张不理会这些的。我本来就没打算追着时代的潮流走。这样一路下来，五十五年过去了，还能像这样在电视广告上发挥演技，这也可以说我这一辈子活得不错，真不错了吧？

093

在我还清房贷之后，我都是出于人情接各种活儿的。我没有什么目标，也不属于努力塑造角色的演员。我就是一个厚脸皮的人。

接受报纸采访，谈及自己的半生和公布患癌消息以后的生活。

——二〇一八年八月

我对于演员这个行当没有贪著也没有留恋之意。跟是枝导演的合作，我是把它当作最后一份活儿接下来的。十八岁那年也是很偶然地走上了演员的人生道路。本来我在父亲的劝说之下是打算做一名药剂师的，却因为腿部骨折受伤，放弃了药科大学的入学考试。正好那时候看到了剧团研修生的招募信息，这成了我演员生涯的一个契机。

做一名女演员，让我觉得最大的好处就是能把房贷很快还清了。年轻时我很喜欢做不动产投资，现在已完全没有兴趣了。在我还清房贷之后，我都是出于人情接各种活儿的。我没有什么目标，也不属于努力塑造角色的演员。我就是一个厚脸皮的人。大约十年前我的经纪人去世了，自那以后就靠一台留言录音电话承接各种活儿。我觉得，不便就是方便。

094

看腻自己这张脸了。

就影片《小偷家族》接受采访，谈及拍摄时为何要摘下假牙。

——二〇一八年六月

有人对我说："一个女演员这样做，比脱光衣服还要难为情吧。"我是摘掉了假牙的，在电影《小偷家族》中。头发也任它长长地拖着，一个吓人的老婆婆，是不是？

我看腻自己这张脸了。参演是枝（裕和）导演的作品，我想这也是最后一次了，于是就主动向导演建议的。我也已经是晚期高龄老人了，到了必须考虑关门打烊的时期。

还有，我想给大家看看人是怎样老去，怎样一点点朽败下去的。与老年人一起生活的人越来越少了，老去是怎么一回事，现在大家都不了解了吧。

有人说影片中，我一口咬住橘子的样子看着印象深刻，我是用牙龈啃咬的。没有了牙齿，就是这种样子了。

095

我的体会就是，自己能成为绘画颜料的一种色彩就好，或者成为院子里的一株树一盆花也好。这样的位置，是待着最舒服的。

——二〇一五年五月

谈及因影片《记我的母亲》获得日本电影学院奖最佳女主角奖。

我呢，已经到了该给人颁奖的年纪了，而不再是要别人来表扬的年纪了。不过呢也行吧，这里也需要个老婆婆，是吧。

拍电影的好处大概就是能够从长远的角度来制作一部作品，能够让大家都集中朝向一个方向。这一点非常好，尽管我搞懂这一点已经有些为时已晚。

像吉永小百合，她很早就专注于拍电影了，对吧？我到了现在，才理解了她那种做法。她是非常用心地，或者说就像生孩子那样地在拍电影。而我的体会就是，自己能成为绘画颜料的一种色彩就好，或者成为院子里的一株树一盆花也好。这样的位置，是待着最舒服的。

096

创造的“创”字也表示创伤的意味吧。创可贴就用到这个“创”字了。这还是说，创作、创造其实就是一个先毁坏再制作的过程。或者说，先给点创伤，再把它修复的意思吧。

出演影片《东京塔　老妈和我还有老爸》获得日本电影学院奖最佳女主角奖的颁奖仪式上，言称『如果我是评审，我会选择其他作品』。过后谈及此事。

——二〇〇八年五月

说这种话已经属于自我辩护了，不过至少我还算是创作者，这样来看，我觉得创作、创造的“创”字也表示创伤的意味吧。创可贴就用到这个“创”字了。这还是说，创作、创造其实就是一个先毁坏再制作的过程。或者说，先给点创伤，再把它修复的意思吧。电影学院奖颁奖仪式上我的言行是很不妥的。我自己心里清楚。但是，看了那个电视，最近看电视也没什么有趣的东西，但看了那个颁奖节目，哪怕有一个观众觉得有同感，那我想至少对这个人尽到我的职责了。自己也算是个创作者，但我觉得作为创作者，我这个人只会这样做吧。说到底过去那个自己还在呢，曾经遇到一句台词说“不美的人也能拍美”，我就想这不是瞎说么？我认为广告必须说实话，当时我就提出了这样的意见，这种做法是我很重视的一个出发点，但是，有时候我的做法不能被合作方接受时，我也就在人家要求的范围内尽量尝试了，尽管放不太开。我是这样一路走过来的，估计以后还会这样走下去。

097

做演艺行当的人都有一种体会吧，知道演艺人要经受时代社会的风吹日晒，包括各类褒贬毁誉，要是能在这环境里存活下来，那就胜出了。所以，也就是说，能在人前露脸算是有几分本事了吧。

接受采访，谈及对『演员』行业的看法。

——二〇一六年十一月

希林是有名的车迷，她的爱车是『雪铁龙2CV』，前后换过七辆。（一九七三年）

098

做人也有值不值的问题，根据这个人所处的位置不同，他可能活得很精彩，也可能活得很无聊。

影片《澄沙之味》公映时接受采访，谈及人和物的存在价值。

——二〇一五年六月

我在住房上面花了不少钱，但平时生活还是很节俭的哦。旧袜子我会在脚后跟上方用剪刀剪开，下面部分装到拖把柄上还可以用。有的袜子脚脖子部分有装饰，比较可爱，那么这部分就留着，等天冷的时候当护腕用。你看，今天我也戴着呢。等到这些也用烂了呢，就对它们说声谢谢，请进垃圾箱了。这就是所谓的“收拾”吧。一样东西，我会考虑怎样把它用值了。

做人也有值不值的问题，根据这个人所处的位置不同，他可能活得很精彩，也可能活得很无聊。但是，世上的大部分人很难碰到适合自己的职业。有时候一个人因为没能从事适合他的工作，酿成了可悲的结果，这种情况并非没有。也有时候看到某个人，我会心生同情，觉得他大概活得很痛苦。但我不是生活辅导员，没法给他任何建议……如果能给他建议，自然是再好不过的。

算了，那说到我呢，当演员决不是最适合我的工作。但是，等我回过神来，入行已经很长时间了。这也值得庆幸了吧。

099

我的学习没有“基本”方法！要说有呢，那就是你们大家是老师。这个世上的人，人人都是我的老师。

出演一个关于北大路鲁山人的专题电视节目，鲁山人以其自学才能著称，因此被问及『自学一门技艺的长处和短处』。

——二〇一七年八月

（关于自学演戏）人还是很多的吧，各色各样的人都有，我就不断去模仿套用，这是最有效的学习方法了。说到鲁山人呢，他会扎扎实实地学习最基本的东西。比如在篆刻上，他能刻得那么好，这不可能是出于偶然。怎样去学，这是最基本的一条，所以学成什么样都有可能。

我的学习没有“基本”方法！要说有呢，那就是你们大家是老师。这个世上的人，人人都是我的老师。

100

不被期待其实是最能出好活儿的。

在电视节目中谈到在某次广告拍摄现场与制作导演川崎彻的对话，最后生成了那句有名的广告词『美人会更美，不那么美的就拍个真切』。

——二〇一八年五月

我对川崎先生说:“这不是很奇怪吗? 美人拍出美人照，这个好理解，可是不美的人也能拍美，这有点怪吧? ”他说:“是呀，唔——嗯，这是想说胶片的质量好。”“可是，这话说着还是怪。”两人就那样你一言我一语。

(拍摄现场)广告主那边一个人都没来。我要说的是，不被期待其实是最能出好活儿的。所以，刚才提到的《(寺内)贯太郎一家》也是，临时加演的桥段。要是电视台的人都在场，这个说这不好，那个说那不行，意见很多，等到全部做好后，就会发现最后成了一部拉拉杂杂不明不白的电视剧。所以说，大家对拍摄结果不要有任何期待，那种时候，把一切都交给演员之类的专职人员去做就好了吧。

101

我还是一直在想：作为一个人，怎么说呢，要做一个有深度有厚度的人，朝哪个方向发展才能成为那样的人呢？比起演员这个行当，我的兴趣点其实总在于这个问题上。

接受杂志采访，谈及对人的兴趣。

——二〇〇八年十二月

我是不喜欢人的，觉得很烦。所以也没有朋友。我眼睛有斜视，这或许也有某种意味的吧。明明可以不看的，眼睛偏要朝别处乱看，结果就看到了人的另外一面。就因为这一点，才没法和人保持和睦关系吧。不过，反过来，我对人本身倒是十分感兴趣的。所以在创作的时候，我会释放出这种兴趣来，平常还是一个人待着好。哪怕现在，我也没待在演艺界的中央，而是在稍稍偏离中心、自己觉得最舒服的位置上。这样的位置上呢，就不会介入太深了。

我现在的感想是，自己居然活到了六十五呢。一直认为自己不适合当演员，就是不适合，也一直认为自己没有审美感觉没有表演才能，却还在做。那么，到这里是不是可以结束了呢。只是，我还是一直在想：作为一个人，怎么说呢，要做一个有深度有厚度的人，朝哪个方向发展才能成为那样的人呢？比起演员这个行当，我的兴趣点其实总在于这个问题上。

102

能生而为人，我想此事本身就充满了无穷魅力，但是我觉得自己还没有充分发挥出这魅力吧。

在报纸的连载访谈上回顾自己的半生，提到『演艺生涯结束前恐怕没有代表作了』『可能要怀着不满结束演艺生涯了』等等，吐露了对自身演艺工作的『不满意』。

——二〇〇五年七月

能生而为人，我想此事本身就充满了无穷魅力，但是我觉得自己还没有充分发挥出这魅力吧。要问今后吗？可能性是有的，但我不愿再为此努力了。

103

把世道搞坏的正是老人的跋扈当道。时候到了，老人就该光荣靠边。

在电视节目中与古馆伊知郎对谈，谈及引退的话题。
——二〇一七年八月

这是题外话，当初久米（宏）先生想要辞掉那个活儿（《新闻报道站》），他说太累了，不愿干了。他说自己想辞掉，但上面不让自己走，那时候他的节目中有个栏目叫“最后的晚餐”对吧，我正好上了那个系列，当时我就对他说：“久米先生，你想不干随时可以不干，不需要考虑自己走了没人来填这个空缺，肯定马上会有人来替代你。”一定的，有位置就会有人来填补。我是这么想的。

有人说：年轻人做得不好，不太会搞坏世道，把世道搞坏的正是老人的跋扈当道。我已经七十四岁了，我觉得已经属于老人的跋扈当道了。所以呢，我想今年退了，之前我发现了一句很好的话。我看到的这句话说：“时候到了，老人就该光荣靠边。”就是它，这句话说到我心头上了。时候到了，老人就该光荣靠边。我现在就有这种心情呢。

104

如果有什么追求的目标、有理想的话，估计会遭遇各种挫折，好在我是完全没有追求的，所以很幸运了呢。

回答制作人箭内道彦的采访。

——二〇〇七年八月

我最初开始拍电视广告的时候，对演员来说，第一等的工作是舞台演出，第二等是拍电影，第三等是上电视，这已经说明演员上电视是不被看好的，更何况是拍电视广告之类的，在那会儿看来，这可是下下等了，当时就是这么一个时代。但我身上丝毫没有这些观念。我还乐意听到有人批评我“是个接那种活儿的演员”，我是主动选择拍广告的。

所以说，我从电视广告的地位还很低的时候就开始做了，所以不会感到任何愧疚。再说我自己呢，如果有什么追求的目标、有理想的话，估计会遭遇各种挫折，好在我是完全没有追求的，所以很幸运了呢。

105

能做着自己喜欢的事生活，是非常值得感谢的了，况且这事如果还是自己的追求，想要“做着喜欢的事还能有饭吃”，那真是任性不知天高地厚了。

在电视节目中，和演艺人YOU、电影导演是枝裕和三人鼎谈，谈及对演员这个行当的看法。

——二〇〇八年六月

“做自己喜欢的事还指望靠它来吃饭，这种想法是不知天高地厚的。”日本画家秋野不矩曾说过这样的话，我是很赞同的。世上的人们哪怕自己不喜欢，但为了过日子也不得不去做各种事，而我呢，能做自己喜欢的事生活，是非常值得感谢的了，况且这事如果还是自己的追求，想要“做着喜欢的事还能有饭吃”，那真是任性不知天高地厚了。

106

一个人如果只是脾气好，他是不会看人的，所以演员呢，还必须是个令人讨厌的家伙才行。

谈及自己的性格和演员的工作。

——二〇一八年五月

我可根本不是好脾气的人。我性情是十分怪僻的，相当严重了，我这个人看人是这样（斜着）看的。可是呢，当演员还必须这样才行。一个人如果只是脾气好，他是不会看人的，所以演员呢，还必须是个令人讨厌的家伙才行。

我要告诉天底下的父母们，你们还是不要总想着把女儿培养成演员的好。结婚会结错，对不对，凡事总不会都那么顺利的。若不是那样的人，是不适合当演员的。我认为演员要从不同的角度去看人，想法也要与众不同才行。

107

责任能不能担负起来，我觉得今后在这一点上会分出人的价值高低来吧。

接受制作人箭内道彦的采访，谈及『居上位者的责任』。
——二〇一三年四月

的确有的人就会说，话虽如此，可对自己的未来是否有关呢，这也不是自己的事嘛……唔嗯。现在我深深感到身居上位的、领导人是有其罪责的。

还是说吧，能够坐到那种位置上的人的责任是否真正被担负起来了，赚了大钱、比别人都过得富足的那些人的责任，或者说那种身居上位的人，他们的责任能不能真正担负起来，我觉得今后在这一点上，会分出人的价值高低来吧。当然了，总理大臣会换人，前一个总理大臣做了什么事，人们是会忘记的，可是……唔嗯。不过呢，看这个人后面的样子，还是能知道的吧，他是不是真的有本事。

影片《小偷家族》公映时接受采访。（二〇一八年）摄影＝兴村宪彦

第八章　死

关于生和死

108

在“死”的面前，还是要谦虚一点的。手忙脚乱也好，慌张失态也好，这些都可以有，我现在的心情是要做好给孩子们的传承交接。

出演一个抗癌专题的报道节目，谈及自己对『死』的看法。

——二〇一六年二月

我呢，在新年还是什么时候拍过一张（广告）照片，上面有句话“至少离开这个世界的时候，我要自己做主”，这看起来好像自己对“死”这桩事很有想法似的，其实我没那么狂妄。在“死”的面前，还是要谦虚一点的。手忙脚乱也好，慌张失态也好，这些都可以有，我现在的心情是要做好给孩子们的传承交接。可以说，死给他们看吧。给儿孙们看看，让他们知道，那样的婆婆竟然就这样死了，以前说话那么恶毒，竟然就这样死了，反正就是这意思吧。

这也算是一种心得吧，我想。

109

我的体会不是“总有一天会死”，而是“随时随地会死”。

在报纸的连载访谈栏中谈及死。

——二〇一八年五月

我已经是晚期高龄老人了，对吧。我感觉自己已经活得足够长了。从前我以为自己的身体就是我自己的东西。完全想错了。我这具身体是借来的东西。最近我开始这样认为了。我对自己的理解是，借来的身体里面寄居了一个这种性格的人。

可是话说回来，从年轻时起，我一直把它当作自己的私有物使用的。使用手法过于粗暴潦草了。到了今天，就算我跟它道歉，说声“对不住”，也太晚了吧。

人们常说“人总有一天会死”。我跟癌症相处了这么长时间之后，我的体会不是“总有一天会死”，而是“随时随地会死”了。不过，一想到借来的东西可以归还了，就会感到很轻松。

在旁人看来，这种心态也许会被称作“心理准备”吧。不过，我也不是说已经做好了“心理准备”。但反过来，我也并没有心神不定。我觉得，就像之前该怎么活就怎么活，一直活到了现在，接下来该怎么死就怎么死吧。

110

希望随着年龄的叠加，能有一张端庄有形的好脸相。我希望一直活到身上的细胞完全停止活动、心里的执念全部消失为止。如果能做到这一步，也就死得安心了。

在杂志的连载栏中写到画家熊谷守一的死以及自己在饮食方面的严格要求。

——一九七七年八月

…… 为什么我要那么啰唆地一直提到健康呢，是因为我想好好地活着好好地死去。我是个非常胆小的人，只要想到生病啦遭遇事故啦会死掉，就快吓死了。所以在演戏的时候也是，如果碰到有危险的场面，我会千方百计地找理由让他们拿掉这个场面，飞机也尽量不坐，有些病痛来源于人的精神，关于精神这种东西，我会试着去和宇宙天地协调，可惜往往做不到，所以我就比较注意饮食了。我做不到像熊谷守一先生那样，但我也希望随着年龄的叠加，能有一张端庄有形的好脸相。我希望一直活到身上的细胞完全停止活动、心里的执念全部消失为止。如果能做到这一步，也就死得安心了。希望能够潇洒地说声“再见”然后死去。可以再提点要求的话呢 ……

111

年轻的时候，死属于一件非日常的事，而如今就很真实地感到，自己就住在死的隔壁。

与医师镰田实对谈，谈到自己的乳腺癌多处复发根治希望渺茫后的感想。

——二〇一二年二月

因为有这个情况，所以我心里是有所准备的，知道“以后不会有安生日子了”。既然接受了这一点，我就要在悲观的状态下、在无法安心的日子里找到一条生路。

现如今，我感到自己能够有计划地从容死去了。我最后应该不会是惊叫着“哎呀”死去，而是心里清清楚楚“自己快要死了”，然后死去。我感觉自己会有这样的人生终结。这样一想，居然还会感到一点高兴呢。

所以说，年轻的时候，死属于一件非日常的事，而如今就很真实地感到，自己就住在死的隔壁。

112

人在自然当中也许很快就死去了，然后又会有诞生。做人大概是这个道理吧。如果能经常意识到这一点，我想人生会过得更快乐了吧。

接受制作人箭内道彦的采访，谈及对两种人，即『思考不死之术的人和主张活在当下的人』的看法。

——二〇一三年四月

在自家的院子里。（二〇一五年）©《周刊现代》（讲谈社）/摄影＝菊池修

113

死于衰老应该说是死的最高境界了吧。

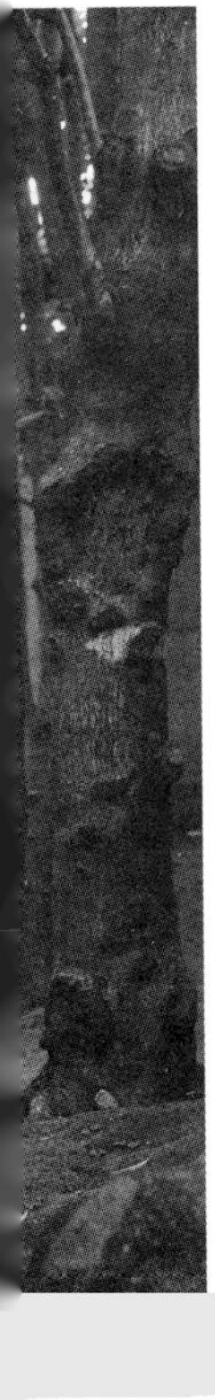

担任影片《人生果实》的画外音配音，与片中参演的津端英子对谈，谈及死的话题。

——二〇一七年一月

人因为衰老死去，对于这个问题也一样，不如说留在身后的人们往往不能释怀。他们会考虑要让老人活得更久一点，他们不会顺其自然地面对人的衰老，而是依赖医疗技术给插上各种管子，想让老人活得更久一点。可是，死去其实就是这么一回事。作为日常生活中时而发生的事，并没有什么特别之处。我们生活在战后这个物质富裕的时代，结果呢，对于死，总会产生一种忌讳回避的念头，可实际上它们是彼此连接着的，生和死这两件事。就是这么一回事，所以人死都是十分正常的，但是身后还活着的人们可不这么想吧，他们是十分……贪著的了。希望老人继续活下去，活得更久一点，这种愿望是没有限度的，而将死的人自己已经不知道这些的。死于衰老应该说是死的最高境界了吧，所以留在身后的人们不必再拼命地挽留，可是他们还是会说“要活下去啊”。这如果是我，自己的孩子对我这样说了，我想我会告诉他们说：“我说你们呀，不要太贪心了吧。”

114

做好思想准备心里就轻松了。

发现患上乳腺癌后在自己家里举行记者会，回答记者『有没有针对自身的养生法』的提问。

——二〇〇五年一月

做好思想准备心里就轻松了。这里说的思想准备不是指要接受手术的思想准备，而是说我到今天已经活了六十二岁了，看看周围，大家都已长大成人，没有我也都能生活下去了。

这样的话，反正也没有父母来痛哭了，我感觉死了也无所谓了。我说的思想准备是指我感觉自己可以死了。

115

我是有一个理想的人，希望能在生命结束之前变得美一点。我希望作为人，我的存在本身能让看到我的人惊叹。这不是指体现在外形上的东西，而是指内在的气度。

就『我理想中的寿终正寝』的话题接受杂志采访，谈及死的问题。

——一九九六年九月

最终我还是会跟孩子一起住的。不是我去照顾他们，是让他们来照顾我。

要是为了自己，那还是一个人过比较自在。但是，一起住的话，我的女儿、女婿、他们的孩子能够亲眼看到我临终的样子。一直不在一起生活，就没有那种亲身体会了。一个人如果能亲身体会一下“人是要死的”，我想他就能活得更坚强。

我是有一个理想的人，希望能在生命结束之前变得美一点。把某种执念全部抛却，就那么无牵无挂地待着，放松紧张的肩头。我希望作为人，我的存在本身能让看到我的人惊叹。这不是指体现在外形上的东西，而是指内在的气度。

116

我想把死去这件事日常化，为了我的孩子们，还有儿孙们。这样的话，他们就不会再害怕，这样他们还会懂得要善待别人。

与古馆伊知郎在电视节目中对谈，由影片《人生果实》谈及死的话题。

——二〇一七年八月

现在我们很少亲眼看到人死的场面了。大家都在医院里过世，按说都不用再看到那一幕让人心惊的情景了。这种情况有它的弊端，大家也因此少了一些经历，而这部电影的一个看点，还是要数津端（修一）先生把他死相给我们看了，他同意拍摄了。为什么这么说呢？在此之前我们一直是有感情代入的，在《人生果实》这部片子里。所以呢，会产生同样的心情，在同样的环境中活着。可刚刚在边上还活着的人，一下子没了，这种类似失落感的东西正是这样一部纪录片要展示给我们看的。或者说，我们在日常当中很难看到人死，甚至自己父母死去的场面，而这部电影却让我们看到了，我认为从这一意味上来说，这也是部好片子。还有，自己也会有死的时候，我是绝对不要……可能的话，我不愿意躺在医院里，而是要在自己家里，把大家都叫过来，也许不会一下子就断气，也许还会苏醒，缓过一口气来，总之我要让他们看看生命这样一点一点衰竭的样子，我希望把死去这件事日常化，为了我的孩子们，还有儿孙们。这样的话，他们就不会再害怕，这样他们还会懂得要善待别人。我重新看了这部片子以后，有了这样的想法。

117

我并没想要活得长寿，变老也没让我觉得有一丁点儿的痛苦。我只是想，活着不要着急忙慌的，能淡然地活着淡然地死去就好了。

在杂志的访谈中，谈及自己感兴趣的事。

——二〇〇二年八月

现在嘛，也不是说非常感兴趣，我想有必要保养好自己的身体。我的新家是按照无障碍设计建的，以后即便坐轮椅也可以居住生活，但是如果在依靠轮椅之前，就因为过量饮酒导致脑血管破裂，那就什么都不要说了。所以呢，我就觉得对自己的身体要负责，生活尽量不要过得太马虎太凑合。我并没想要活得长寿，变老也没让我觉得有一丁点儿的痛苦。我只是想，活着不要着急忙慌的，能淡然地活着淡然地死去就好了。

118

为死去做准备，我要做的事是道歉。给人道歉不花钱，对我这样的小气鬼来说正合适。

在报纸的连载访谈中提到接受乳腺癌手术，开始意识到死，以及自那以后与丈夫内田裕也的关系。

——二〇〇九年二月

为死去做准备，我要做的事是道歉。给人道歉不花钱，对我这样的小气鬼来说正合适。道了歉，心里就爽快了。癌症还真是一种管用的病呢。它能让周围的人来认真地对待我。说不定这个人明年就不在了呢，这么一想，人们就会珍惜跟我相处的时间了吧。这种意味上，得癌症还是挺有趣的呢。

119

要说有没有想做还没做的事，那得死过一回才会明白吧。

影片《澄沙之味》公映时接受采访，就该作品的宣传语『你有想做还没做的事吗？』发表看法。

——二〇一五年五月

我倒也没有明确的认识，这部电影《澄沙之味》的制作中，分配角色的人，还有原作者榴莲助川先生可能在我身上感受到了“思考生命”的气息了吧。这部电影有一句广告宣传语：“你有想做还没做的事吗？”就我自己来说，具体还想多做点什么，或者接下来想开始做点什么，这些想法完全没有了。父母也都不在了，女儿也已经自立了，活到七十二岁，我想自己已经无怨无悔，是“有资格死去的人”了。要说有没有想做还没做的事，那得死过一回才会明白吧。接下来我的生命就是以目前的状况成熟下去直到终结，而不是再向新的方向发展了。

120

放在此刻，我可以自信地这样说：我的人生，一直到今天，活得够出色了。那么就此告辞了。

报纸的连载访谈中谈到当下的心境。

——二〇一八年五月

树木希林 七十五年的人生轨迹

1943（昭和十八）年　　0岁

＊在东京府东京市神田区（今东京都千代田区）诞生，母亲中谷清子经营咖啡馆，父亲中谷襄水先当警察后成为萨摩琵琶演奏师。

1961（昭和三十六）年　　18岁

＊在千代田女子学园上学期间目标报考药科大学，后因滑雪时腿部骨折，放弃了考大学。在报纸上看到文学座附属演剧研究所招生，报考合格。成为该研究所的第一届学员，取艺名“悠木千帆”，开始演员生涯。

1964（昭和三十九）年　　21岁

＊森繁久弥主演的电视剧《七个儿孙》（TBS）第一季开播。每期都在其中担任主人公（森繁饰演）的女佣角色。结识剧本作家向田邦子、电视导演久世光彦。

＊与文学座的同级学员、演员兼导演岸田森结婚。

1965（昭和四十）年　22岁

＊《七个儿孙》（TBS）第二季开播。

1966（昭和四十一）年　23岁

＊退出文学座。之后，与丈夫岸田森以及村松克己、草野大悟等人组建剧团“六月剧场”。

＊在电影《续·醉汉博士》（井上昭导演）中，与胜新太郎合演。除了电影，还频繁参演电视剧，扮演市井百姓角色。

1968（昭和四十三）年　25岁

＊与岸田森离婚。回应杂志的采访说：“我突然想改变一下生活。我们谈了三个小时就达成了离婚协议。”

1970（昭和四十五）年　27岁

＊在电影《男人之苦 寅次郎的故事》（森崎东导演）中与渥清美合演。

＊森光子主演的电视剧《到时间了！》（TBS）第一季开播。在其中扮演澡堂工作人员。

1971（昭和四十六）年　　28岁

＊《到时间了！》（TBS）第二季开播。

1973（昭和四十八）年　　30岁

＊《到时间了！》（TBS）第三季开播。

＊与音乐人内田裕也结婚。二人由共同参演《到时间了！》的音乐人KAMAYATSU HIROSHI介绍认识，相识不到五十天就结婚。

1974（昭和四十九）年　　31岁

＊电视剧《寺内贯太郎一家》中扮演主人公贯太郎的母亲寺内金。给头发脱色，成功演活了“老年角色”。剧中老人盯着泽田研二的大海报如痴如醉喊出“Julie——！”的场面引起热议。

＊电视剧《到时间了！昭和元年》（TBS）开播。扮演主人公（森光子饰演）母亲的角色，又一个“老年角色”。

1975（昭和五十）年　　32岁

＊《寺内贯太郎一家2》（TBS）开播。自此时起，与内田裕也开始分居生活。

1976（昭和五十一）年　33岁

＊女儿也哉子出生。

＊电视剧《樱之歌》（TBS）开播。与美轮明宏合演，扮演其恋人角色。

1977（昭和五十二）年　34岁

＊为纪念日本教育电视频道（NET）改名为全国朝日放送（朝日电视台）播送的特别节目中有一档拍卖活动，以“没有物品可拍卖”为理由，将艺名“悠木千帆”提交竞拍。以两万两百日元的价格被拍走。自此改名为“树木希林”。

＊参演电视剧《MU》（TBS）。

＊与《MU》剧中合演的GO HIROMI男女声合唱发行专辑《妖怪摇滚》。滑稽的动作表演成为话题，受到热捧。

1978（昭和五十三）年　35岁

＊《MU》的续集《MU之一族》（TBS）开播。

＊《妖怪摇滚》之后继续与GO HIROMI合作发行男女声合唱曲《苹果杀人事件》，连续四周荣登《THE BEST TEN》（TBS）排行榜首。

1979（昭和五十四）年　　36岁

＊《MU之一族》的杀青酒会上致辞，曝光了节目制作人久世光彦出轨同剧的女演员并致使后者怀孕。因此与久世长期绝交，于一九九六年和解。

＊出演拍摄PIP公司的家庭用磁疗仪广告。

1980（昭和五十五）年　　37岁

＊富士胶片彩卷的电视广告《你的名字》篇中扮演前来洗印相亲照片的顾客“绫小路小百合”。与扮演店员的岸本加世子之间的一句对话“美人会更美，不那么美的就拍个真切”成为话题。这句台词原本为“不那么美的人也能拍美”，因为树木的反驳而更改。

1981（昭和五十六）年　　38岁

＊电视剧《梦千代日记》（NHK）开播。与吉永小百合合演。

＊内田裕也不经树木同意擅自提交了离婚申请。树木提起诉讼并胜诉，法院判定离婚申请为无效。

1982（昭和五十七）年　　39岁

＊《梦千代日记》的第二部《梦千代日记续集》开播。

1987（昭和六十二）年　44岁

＊获得专为打拼在日本文广行业的女性颁发的奖项“日本女性广播电视工作者恳谈会奖”（后称“放送 Women 奖”）。

＊凭借 NHK 连续电视小说《烈驹》中的出色演技荣获第三十七届艺术作品选奖的文部大臣奖。

1990（平成二）年　47岁

＊出演 NHK 大河历史剧《宛如飞翔》。

1991（平成三）年　48岁

＊出演 NHK 连续电视小说（三十周年纪念之作）《你的名字》。

＊出演由北野武主演的系列电视剧犯罪史实录《金氏的战争》（富士电视台）。该作品获得“放送文化基金奖优秀奖”、“日本民间放送联盟优秀奖”、“放送批评恳谈会银河奖鼓励奖”等奖项。

1993（平成五）年　50岁

＊出演电视剧《从今往后 海边的旅人们》（富士电视台），与高仓健合演。

1995（平成七）年　　52岁

＊出演中居正广主演的电视剧《厨艺小天王》。

＊女儿也哉子与本木雅弘结婚。本木成为入赘女婿。

＊参演电视剧《光辉的邻太郎》（TBS）。

1996（平成八）年　　53岁

＊自《MU之一族》以来再度出演久世光彦执导的电视剧《公子哥哥》（TBS）。与GO HIROMI合演。

1997（平成九）年　　54岁

＊长孙雅乐（UTA）出生。

1999（平成十一）年　　56岁

＊孙女伽罗（KYARA）出生。

2002（平成十四）年　　59岁

＊电视广告演艺人好评度问卷调查中高居女性单元首位。

＊日语知识电视节目《日语岁时记 大希林》（NHK）开播。播放至二〇〇五年结束。

2003（平成十五）年　60岁

*视网膜脱落导致左眼视力低下，三月份进入完全失明状态。二○○四年一月发售与长岛茂雄的对谈书《人生的智慧锦囊》（幻冬社），其中公开此事。同月召开记者会，谈到“早上起来眼睛看不见了，脑袋一片空白。绝望了”。

2004（平成十六）年　61岁

*出演电视开播五十周年纪念电视剧《向田邦子的情书》（TBS）。

*出演影片《半落》（佐佐部清导演）。凭借该片中的出色演技，荣获第二十六届横滨电影节女配角奖、第二十八届日本电影学院奖优秀女配角奖、第五十九届日本放送电影艺术大奖优秀女配角奖等多个奖项。

*出演影片《下妻物语》（中岛哲也导演）。

2005（平成十七）年　62岁

*因乳腺癌接受手术右侧乳房全部切除。二月出席第二十六届横滨电影节时，半开玩笑地公开声明：“我是癌症病人，不要让我干太多的活儿了。”

2007（平成十九）年　64岁

*在影片《东京塔 老妈和我还有老爸》（松冈锭司导演）中扮演主人公（小田切让饰

演）的母亲角色。凭借该作品中的演技，获得第三十一届日本电影学院奖最佳女主角奖。颁奖仪式上，言称“如果我是评审，我会选择其他作品”“我感觉这似乎是一个有组织的投票结果”。因该作品还获得第二十届日刊体育报电影大奖赛女配角奖、第六十二届日本放送电影艺术大奖赛优秀女配角奖。

2008（平成二十）年　　65岁

＊出演影片《步履不停》（是枝裕和导演）。扮演主人公（阿部宽饰演）的母亲角色。凭借该作品中的演技，荣膺第三十届南特三大洲电影节最佳女演员奖、第五十一届日本电影蓝丝带奖女配角奖、第三十三届报知电影奖女配角奖、第八十二届日本电影旬报十佳女配角奖、第六十三届日本放送电影艺术大奖最佳女配角奖。

＊日本政府的秋季授勋中被授予紫绶勋章。

2010（平成二十二）年　　67岁

＊第三个孙儿玄兔（GENTO）出生。

＊为影片《借东西的小矮人阿莉埃蒂》（吉卜力工作室、米林宏昌导演）配音。

＊出演影片《恶人》（李相日导演）。凭借该作品中的演技，荣获第三十四届日本电影学院奖最佳女配角奖。

2011（平成二十三）年　　68岁

＊在婚礼信息杂志《ZEXY》（Recruit）的电视广告中与内田裕也首次夫妻合演。

＊内田裕也因强迫女性交际未遂被逮捕。树木很快在自己家中召开记者会，声称："我不会低头赔礼。道歉要由他本人自己来。"

＊出演影片《奇迹》（是枝裕和导演）。该作品中与孙女伽罗首次合演。

2012（平成二十四）年　　69岁

＊出演影片《记我的母亲》（原田真人导演）。凭借该作品中的演技，荣获第四届TAMA 电影奖最佳女演员奖、第二十五届日刊体育报电影大奖女配角奖等。

2013（平成二十五）年　　70岁

＊因《记我的母亲》获得第三十六届日本电影学院奖最佳女主角奖。在获奖致辞中坦言"自己已是全身患癌"。

＊出演影片《如父如子》（是枝裕和导演）。该作品提名第六十六届戛纳国际电影节正式竞赛单元，获得评委会特别奖。

2014（平成二十六）年　　71岁

＊跟踪拍摄树木首次参拜伊势神宫等活动的纪录片电影《神宫希林 我的神灵》（伏

原健之导演）公映。

* 秋季授勋中被授予旭日小绶章。

2015（平成二十七）年　72岁

* 出演影片《投靠女与出走男》（原田真人导演）。

* 影片《澄沙之味》（河濑直美导演）中扮演曾经的麻风病人。凭借该作品中的演技，获得第二十九届山路文子女演员奖、第四十届报知电影奖女主角奖、第三十九届日本电影学院奖优秀女主角奖等。该作品提名第六十八届戛纳国际电影节“一种关注”单元奖项，在开幕式上播映。

* 出演影片《海街日记》（是枝裕和导演）。

* 参演反映福冈地区特色的电视剧《丝岛森林之家》（NHK 福冈台）获得第四十二届放送文化基金奖演技奖。

2016（平成二十八）年　73岁

* 出演宝岛社的企业广告。其中的宣传语“至少离开这个世界的时候，我要自己做主”成为话题。

* 获得第十届亚洲电影大奖终身成就奖。

* 出演影片《比海更深》（是枝裕和导演）。自《步履不停》以后，与阿部宽第二次

合作扮演母子角色。该作品在第六十九届戛纳国际电影节“一种关注”单元被提名，又在挪威第二十六届南方电影节中获最佳奖。

2017（平成二十九）年　　74岁

* 担任画外音配音的纪录片电影《人生果实》（伏原健之导演）公映。

2018（平成三十）年　　75岁

* 自身首次担纲策划的影片《三十八岁的伊丽卡》（日比游一导演）开始拍摄（二〇一九年预定公映）。

* 出演影片《有熊谷守一在的地方》（冲田修一导演）。与主演山崎努在片中饰演夫妻角色，对树木而言，山崎是文学座时代的前辈，是带有明星光环的人。

* 出演影片《小偷家族》（是枝裕和导演）。该作品在第七十一届戛纳国际电影节上荣获最高奖金棕榈奖，此外还在其他多个电影节上获奖。

* 为真实记录内田裕也的音乐活动及其半生的电视节目《纪实 不安分的灵魂 内田裕也》（富士电视台）担任画外音配音。

* 在熟人家中摔倒，致使左大腿骨折，接受手术。本木雅弘在记者会上公布消息，并告知曾出现病危状态。会上还出示了树木的亲笔留言字条，上面写有：“一个气若游丝、无法说话又命硬麻烦的老太婆。”

＊九月十五日，在家人的守护下于自己家中去世。享年七十五岁。接到病危消息的内田裕也通过手机告别，树木从手机扬声器中听到内田的声音后咽气。

＊跟踪拍摄近一年的电视节目《NHK 特别节目 活出“树木希林”》(NHK)播放。

＊影片《日日是好日》(大森立嗣导演)公映。

＊获第四十三届报知电影奖女配角奖，由内田也哉子代表出席颁奖仪式，发言说：“我母亲一定会说难听的话：给死人颁奖，这帮人也真闲得没事做了。那好，给多少奖金啊？”

出典一览表

＊ 数字为统一编号，并非页码。

第一章

1 《PHP 特集》（PHP 研究所）2016年6月号《卷首访谈 树木希林》

2 《月刊 风与摇滚》（风与摇滚）2013年4月号

3 《FRaU》（讲谈社）2002年8月27日号《早川武二的时尚花园（12）树木希林》

4 《YOUYOU》（主妇之友社）2016年6月号《封面人物访谈 女演员树木希林 演员桥爪功》

5 《星期天美术馆〈北大路鲁山人 × 树木希林〉》（NHK）2017年8月6日播出

6 1988年7月23日刊《读卖新闻》东京晚报《人物 PART Ⅱ树木希林 用平常的感觉做个平常人》

7 《家庭画报》（世界文化社）2018年7月号《Active Rest 树木希林 演戏要与看人准确的导演建立相互信任的关系》

8 《妇人公论》（中央公论新社）2018年5月22日号《封面上的我 树木希林 活得出色》

9 摘自2009年2月20日刊《产经新闻》东京早报《悠悠人生 女演员 树木希林（66）（下）意识到死之后决心面对，为夫妻之争画上句号》

10 2018年5月23日刊《朝日新闻》东京早报《讲述 人生的馈赠 演员树木希林（12）只知道“Rock-n-Roll！”的丈夫居然……》

11 《Halmek》（Halmek）2016年6月号《特别对谈 阿部宽 × 树木希林》

12 摘自2015年5月27日刊《产经新闻》东京早报《话题中的人物肖像 女演员树木希林（72）（3）洄游鱼类一样的丈夫是我重要的压舱石》

13 2018年5月21日刊《朝日新闻》东京早报《讲述 人生的馈赠 演员树木希林（10）艺名叫“Chachacharin”吗？》

14《温故希林 树木希林的奇妙古董之旅 第3回〈和服〉》（NHK）2011年8月10日播出

15《妇人公论》（中央公论新社）2018年5月22日号《封面上的我 树木希林 活得出色》

16《周刊现代》（讲谈社）2015年6月6日号《个性派女演员的真心话“我”和“家人”的故事 树木希林》

17《AERA》（朝日新闻出版）2017年5月15日号《变老很可怕吗？ 全身患癌的演员 树木希林（74）的生死观》

18《月刊 风与摇滚》（风与摇滚）2013年4月号

19《Sunday 每日》（每日新闻出版）1977年9月4日号《女人的午后 树木希林（3）谈谈常识》

20 2005年7月6日刊《日刊体育报》东京日报《逐梦人群像 树木希林（下）无代表作……唯其天才遭此不幸》

21《AERA》（朝日新闻出版）2017年5月15日号《变老很可怕吗？ 全身患癌的演员 树木希林（74）的生死观》

22《FRaU》（讲谈社）2016年6月号《树木希林 荒木经惟》

23 2012年4月20日刊《每日新闻》东京晚报《人生乐自黄昏始 饰演年迈的母亲 树木希林》

24 2014年11月3日刊《朝日新闻》东京早报《秋季授勋〈一切都顺势而为〉顺其自然 树木希林》

25《宝石》（光文社）1985年9月号《灰谷健次郎 连载对谈 我们都是人在旅途（9）嘉宾 树木希林》

26 东京广告语创作俱乐部编《广告语年鉴2016》附录（宣传会议）2016年11月发行《广告词神人树木希林访谈》

27《超值资讯！》追悼报道（富士电视台）2018年9月17日播出

第二章

28《妇人公论》（中央公论新社）2015年6月9日号《女演员 树木希林 多亏我待在妻子这个位置上，才不至于放纵散漫》

29 2018年8月4日刊《熊本日日新闻》晚报／共同通信推送《访谈百人百话 女演员树木希林 公布患癌消息与生活》

30 2018年5月8日刊《朝日新闻》东京早报《讲述 人生的馈赠 演员树木希林（1）患上癌症人也谦逊了》

31 2005年7月6日刊《日刊体育报》东京日报《逐梦人群像 树木希林（下）无代表作…… 唯其天才遭此不幸》

32《YOUYOU》（主妇之友社）2016年6月号《封面人物访谈 女演员树木希林 演员桥爪功》

33《周刊朝日》（朝日新闻出版）2012年2月17日号《镰田实 VS 树木希林 教你如何抗癌》

34 2014年5月号《日澳新闻报道》全国版《独家专访 特别访谈 树木希林》

35《妇人画报》（赫斯特妇人画报社）2015年6月号《树木希林 榴莲助川 只要再给一星期，然后随时都可以死了》

第三章

36《活力满满(现 Halmek)》(Halmek)2008年7月号《活力满满对谈 树木希林 × 阿部宽 家人这个话题无限大》

37 2014年10月13日刊《每日新闻》东京早报《女性的报纸 别所哲也的精辟之谈 树木希林 变老是有趣的》

38《活力满满(现 Halmek)》(Halmek)2015年6月号《女演员树木希林 我没有想做还没做的事。接下来该考虑怎样成熟终结的问题吧》

39《妇人公论》(中央公论新社)1980年11月号《对谈 关于如何优雅变老的研究 树木希林(女演员)× 浦泽月子(和服铺紬屋吉平店主)》

40《NHK 特别节目 活出"树木希林"》(NHK)2018年9月26日播出

41《妇人画报》(赫斯特妇人画报社)2015年6月号《树木希林 榴莲助川 只要再给一星期，然后随时都可以死了》

42《NON STOP！》追悼报道(富士电视台)2018年9月18日

43《活力满满(现 Halmek)》(Halmek)2015年6月号《女演员树木希林 我没有想做还没做的事。接下来该考虑怎样成熟终结的问题吧》

44《AERA》(朝日新闻出版)2017年5月15日号《变老很可怕吗？ 全身患癌的演员 树木希林(74)的生死观》

45《Asaichi 早间一报〈特别嘉宾访谈 树木希林〉》(NHK)2018年5月18日播出

46《月刊 风与摇滚》(风与摇滚)2013年4月号

47《活力满满(现 Halmek)》(Halmek)2007年1月号《新年特别对谈 宇津井健 过了七十才是男

人的黄金期（第6回）》

第四章

48《Close-Up现代〈把癌症人生“活到底”～余下的时间、如何选择～〉》（NHK）2016年2月9日播出

49《With news》2018年8月31日推送《〈即便成了这副样子……〉树木希林给年轻人的亲笔信》

50《朝日艺能》（德间书店）1974年9月12日号《连载 男女对谈（33）男方 Baron 吉元 女方 悠木千帆》

51《家庭之光》（家庭之光协会）2015年7月号《封面人物 女演员 树木希林》

52《Asaichi 早间一报〈特别嘉宾访谈 树木希林〉》（NHK）2018年5月18日播出

53 2015年6月10日刊《西日本新闻》晚报 / 共同通信推送《娱乐版 人物 超越悲剧的生存力 影片〈澄沙之味〉的主演 树木希林》

54 2016年6月10日刊《朝日新闻》东京早报《关于宪法的思考 自从那次隔离以来》

55《女性自身》（光文社）1995年7月25日号《“七夕婚礼”如何实现？ 母亲 树木希林对密友公开的全部秘闻（2）》

56《达芬奇》（KADOKAWA）2015年7月号《树木希林 × 又吉直树 荞麦面店的闲聊》

57《战后70年 树木希林 纪实之旅〈从前，在这个岛上〉铃木敏夫》（东海电视台）2015年8月15日播出

58《神宫希林》（东海电视台）2013年11月3日播出

59《月刊 风与摇滚》（风与摇滚）2013年4月号

60 1998年2月16日刊《中日新闻》晚报《树木希林〈有趣又悲情的女演员〉》

61《PHP 特集》(PHP 研究所)2016年6月号《卷首访谈 树木希林》

62《月刊 风与摇滚》(风与摇滚)2013年4月号

63《FRaU》(讲谈社)2002年8月27日号《早川武二的时尚花园(12)树木希林》

64《不登校新闻》2017年11月1日推送

65《战后七十年 树木希林 纪实之旅〈从前,在这个岛上〉铃木敏夫》(东海电视台)2015年8月15日播出

66《月刊 风与摇滚》(风与摇滚)2007年8月号

第五章

67《周刊明星》(集英社)1973年10月7日号《完全独家专访 悠木千帆与内田裕也十月十日闪电结婚》

68《女性七天》(小学馆)1981年4月2日号《田渊选手前夫人博子的专程采访 为树木希林的离婚后重新出发干杯!》

69《周刊明星》(集英社)1981年4月2日号《独家专访 树木希林等待丈夫内田裕也回国》

70《周刊明星》(集英社)1981年4月2日号《独家专访 树木希林等待丈夫内田裕也回国》

71 2005年7月5日刊《日刊体育报》东京日刊《逐梦人群像 树木希林(中)与内田裕也的"非常规"分居生活》

72《活力满满(现 Halmek)》(Halmek)2007年1月号《新年特别对谈 宇津井健 过了七十才是男人的黄金期(第6回)》

73 摘自2011年5月14日刊《产经体育报》《树木希林（68）对待丈夫淡然处之又干净利落》

74 2014年5月号《日澳新闻报道》全国版《独家专访 特别访谈 树木希林》

75《超值资讯！》追悼报道（富士电视台）2018年9月17日播出

76 2014年10月13日刊《每日新闻》东京早报《女性的报纸 别所哲也的精辟之谈 树木希林变老是有趣的》

77 摘自2015年5月27日刊《产经新闻》东京早报《话题中的人物肖像 女演员树木希林（72）（3）洄游鱼类一样的丈夫是我重要的压舱石》

78《周刊现代》（讲谈社）2015年6月6日号《个性派女演员的真心话"我"和"家人"的故事树木希林》

79《FRaU》（讲谈社）2016年6月号《树木希林 荒木经惟》

80 2018年5月22日刊《朝日新闻》东京早报《讲述 人生的馈赠 演员树木希林（11）和丈夫分居四十五年，到那个世界会在一起吗？》

第六章

81《CREA》（文艺春秋）2018年7月号《CULTURE & COLUMNS RELAY ESSAY 树木希林的本月杂事》

82《FRaU》（讲谈社）2016年6月号《树木希林 荒木经惟》

83《宝石》（光文社）1985年9月号《灰谷健次郎 连载对谈 我们都是人在旅途（9）嘉宾 树木希林》

84《我们的时代》追悼特别节目（富士电视台）2018年9月30日播出

85 1999年2月27日刊《体育报 Nippon》《〈母亲〉过世后居然破天荒地有兄姐来认亲，树木希林

惊倒》

86 1996年2月19日《朝日新闻》东京早报《老爹的背影 演员树木希林 阅人为乐受人爱》

87《Asaichi 早间一报〈特别嘉宾访谈 树木希林〉》(NHK)2018年5月18日播出

88《电影旬报》(电影旬报社)2007年4月上旬号《老妈饰演者 树木希林如是说》

89《我们的时代》追悼特别节目(富士电视台)2018年9月30日播出

90《女性七天》(小学馆)1986年6月5日号《七星系列 树木希林》

91《我们的时代》追悼特别节目(富士电视台)2018年9月30日播出

第七章

92 东京广告词创作俱乐部编《广告词年鉴2016》附录(宣传会议)2016年11月发行《广告词神人树木希林访谈》

93 2018年8月4日刊《熊本日日新闻》晚报/共同通信推送《访谈百人百话 女演员树木希林 公布患癌消息与生活》

94《AERA》(朝日新闻出版)2018年6月18日号《读懂时代 特别访谈 树木希林 全身心的演员精神和自由》

95 摘自2015年5月29日刊《产经新闻》东京早报《话题中的人物肖像 女演员树木希林(72)(5)从颜料的单色中感受到舒适的存在》

96《广告批评》(MADORA 出版)2008年6—7月号《第二回 广告夫妻来了!! 本月嘉宾 树木希林》

97 东京广告词创作俱乐部编《广告词年鉴2016》附录(宣传会议)2016年11月发行《广告词神人

树木希林访谈》

98《妇人公论》(中央公论新社)2015年6月9日号《女演员 树木希林 多亏我待在妻子这个位置上，才不至于放纵散漫》

99《星期天美术馆〈北大路鲁山人 × 树木希林〉》(NHK)2017年8月6日播出

100《Asaichi 早间一报〈特别嘉宾访谈 树木希林〉》(NHK)2018年5月18日播出

101《电影旬报》(电影旬报社)2008年12月上旬号《隔号连载 这里就是开始 树木希林(结局篇)》

102 2005年7月6日刊《日刊体育报》东京日报《逐梦人群像 树木希林(下)无代表作……唯其天才遭此不幸》

103《树木希林奶奶和古馆先生》(东海电视台)2017年8月11日播出

104《月刊 风与摇滚》(风与摇滚)2007年8月号

105《我们的时代》追悼特别节目(富士电视台)2018年9月30日播出

106《Asaichi 早间一报〈特别嘉宾访谈 树木希林〉》(NHK)2018年5月18日播出

107《月刊 风与摇滚》(风与摇滚)2013年4月

第八章

108《Close-Up 现代〈把癌症人生“活到底”～余下的时间、如何选择～〉》(NHK)2016年2月9日播出

109 2018年5月25日刊《朝日新闻》东京早报《讲述 人生的馈赠 演员树木希林(14)我的人生，活得够出色了》

110《Sunday 每日》(每日新闻出版)1977年8月28日号《女人的午后 树木希林(2)关于贪念》

111《周刊朝日》(朝日新闻出版)2012年2月17日号《镰田实 VS 树木希林 教你如何抗癌》

112《月刊 风与摇滚》(风与摇滚)2013年4月号

113《居酒屋的树木希林奶奶》(东海电视台)2017年1月28日播出

114《超值资讯!》追悼报道(富士电视台)2018年9月17日播出

115《AERA》(朝日新闻出版)1996年9月15日号《我理想中的寿终正寝 抛却一切贪著，潇洒说声再见 女演员树木希林》

116《树木希林奶奶和古馆先生》(东海电视台)2017年8月11日播出

117《FRaU》(讲谈社)2002年8月27日号《早川武二的时尚花园(12)树木希林》

118 摘自2009年2月20日刊《产经新闻》东京早报《悠悠人生 女演员 树木希林(66)(下)意识到死之后决心面对，为夫妻之争画上句号》

119《活力满满(现 Halmek)》(Halmek)2015年6月号《女演员树木希林 我没有想做还没做的事。接下来该考虑怎样成熟终结的问题吧》

120 2018年5月25日刊《朝日新闻》东京早报《讲述 人生的馈赠 演员树木希林(14)我的人生，活得够出色了》